Unreleased

Unreleased

MONICA GEUZE

KOSM•S
Kosmos Uitgevers, Utrecht/Antwerpen

INHOUD

CHAPTER 1

Unreleased

'Instagram vs. Reality', een term die ik het afgelopen jaar veel voorbij heb zien komen. Het is een soort beweging waarbij de o zo mooie 'insta worthy' kiekjes als het ware ontkracht worden. Blijkbaar een beweging waar ontzettend veel behoefte aan is. Steeds vaker hoor je verhalen, zie je documentaires en merk je om je heen wat de invloed van social media met ons doet. En toch heb ik ook ergens moeite met de negatieve lading die soms bij het fenomeen social media komt kijken.
Voor mij is social media namelijk een plek waar ik me grotendeels laat inspireren en informeren. Op het moment dat ik me aan iets of iemand erger is het maar een kwestie van een seconde en iemand is 'gemute' of zelfs ontvolgd. Een optie waarvan ik zou willen dat ze er in het echte leven was. En daar zit het hem denk ik in. Het onderscheid kunnen maken tussen Instagram en de realiteit.

Met dit boek wil ik jullie daar een handje bij helpen. Ikzelf heb, zoals ik al zei, moeite met de negativiteit die Instagram soms over zich heen krijgt. Maar misschien is dat ook wel omdat ik er mijn werk van heb gemaakt en ik niet geheel objectief ben. Mijn inkomen is deels afhankelijk van het aantal likes en volgers dat ik krijg. De meest voorkomende reactie die ik krijg op het delen van mijn leven via social media is dat mensen het zo 'real' vinden. Maar is dat wel zo? Ja, ik vind zelf dat ik te allen tijde mezelf ben en nooit een act opvoer online, maar ergens zijn de foto's die ik post niet altijd de realiteit. Ook al vind ik dat ik online compleet mezelf ben, laat ook ik niet 100% van mezelf zien. En kies ik er bewust voor sommige dingen achterwege te laten. Dingen die ik zelf misschien iets minder charming vind. Uiteraard geeft dit een vertekend beeld en is het tijd om letterlijk en figuurlijk met de billen bloot te gaan.

In dit boek deel ik dingen waar ik trots op ben, waar ik iets minder trots op ben, mijn voor de buitenwereld best bewaarde geheim én een hoop foto's die ik voorheen nooit zou publiceren.

Ook dit is wie ik ben, released of unreleased.

Alsof ik al wist hoe 2020 eruit zou komen te zien... Oud & Nieuw op Ibiza

Even rustig wakker worden

Het zeldzame moment dat ik op een loopband sta... Bangkok 2019

Marbella 2019

Before foto voor een campagne

After foto van diezelfde campagne

1 januari 2020

Feeling myself apparently

Backstage Love Island promo

Rotterdam 2018

Net van de kapper

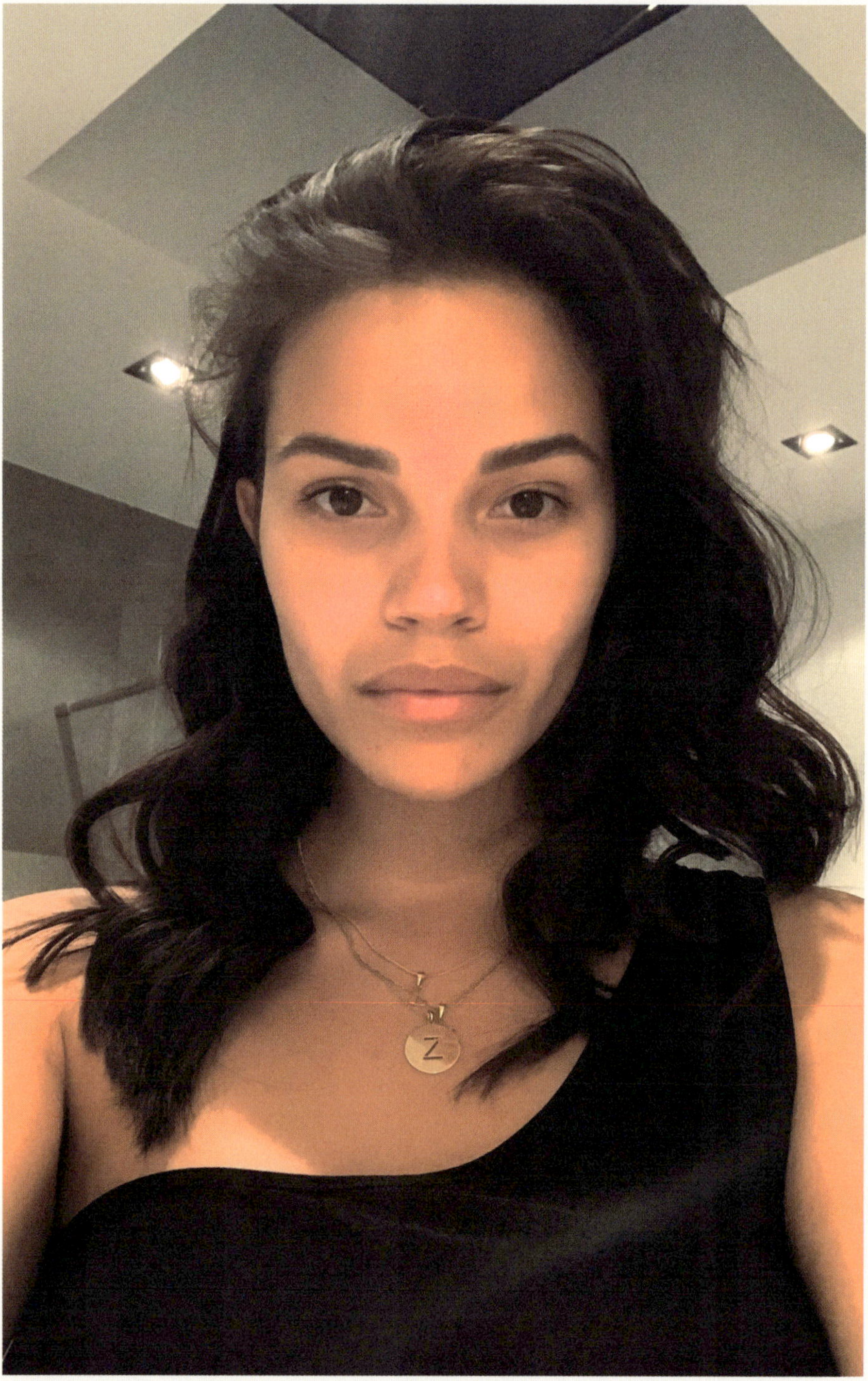

Een selfie nadat ik mezelf helemaal plat had laten spuiten door mijn cosmetisch arts

Backstage MEAUXMEAUX shoot

Voordat ik mijn haar had verneukt door het om de zes weken kapot te laten blonderen

CHAPTER 2

Instagram vs. Reality

Zoals ik mezelf al afvroeg: is wat ik post op Instagram wel de realiteit? Natuurlijk trek je een leuke outfit aan en zorg je ervoor dat je haar goed zit voordat je op de foto gaat. Maar toch gaat het er in de online wereld soms net iets anders aan toe.

Met apps als Facetune en FaceApp tover jij je average foto binnen een handomdraai om naar een foto waarop je jezelf het liefste zou zien. Grauwe dag? Niet getreurd! Via Afterlight, een filter en met LensLight tover je zo een zonnetje in de lucht.

Aanschouw hier een potje Instagram vs. Reality uit eigen koker:

Instagram

Reality

Instagram

Reality

Instagram

Reality

Instagram

Reality

Instagram

Reality

Instagram

Reality

Instagram

Reality

CHAPTER 3

Het moederschap

Het moederschap is een groot en belangrijk deel van mijn leven. Ik heb een dochtertje van 2,5 (allergisch voor mensen die nu dertig maanden zouden zeggen, al kan dat ook komen door het onderontwikkelde aspect hoofdrekenen in mijn hersenpan). En omdat haar vader in het buitenland woont en werkt, komt de opvoeding en zorg grotendeels op mij neer. Daarover heb ik trouwens niks te klagen, aangezien ik een geweldig lieve vriend heb die me met alles helpt, Zara-Lizzy jonge en zorgzame opa's en oma's heeft bij wie ze altijd terecht kan (dat worden er vanzelf veel wanneer scheidingen en nieuwe relaties zich voordoen), er een fantastische crèche in de straat zit én we voor noodgevallen ook altijd een lieve oppas achter de hand hebben.

Dankzij al deze hulp heb ik genoeg tijd en vrijheid om ook te zijn wie ik ben naast moeder zijn. Ikzelf vind het fijn om nog steeds veel tijd in mijn werk te kunnen steken. Werken is voor mij een vorm van ontspanning, omdat ik mijn werk heel leuk vind. Ik krijg er energie van!

Thuiskomen en de rush van ophalen, eten, in bad en naar bed zal voor veel moeders herkenbaar zijn. Daarom probeer ik ook echt de weekenden te pakken om de doordeweekse sleur te doorbreken.
Weekenden zijn voor 100% quality-time: spelen, het bos in, connecten met je kindje en herinneringen maken… Who am I kidding, haha. Mijn dochter is het mooiste dat me is overkomen, maar zoals vele moeders zullen beamen:

het moederschap gaat niet altijd over rozen...

Dutjes doen met Zara-Lizzy

Monkey Business Class vliegen met Mason en Zara-Lizzy

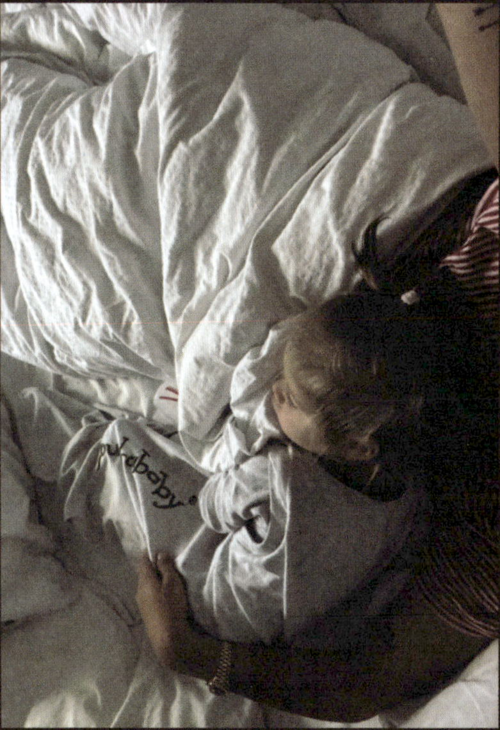

Negen van de tien keer is het doodvermoeiend. Vooral het eerste jaar vond ik pittig en op dat vlak vond ik het soms best lastig om op Instagram alleen maar 'perfecte' en blije moeders te zien met hun lieve schattige baby's. Zonder kwijl, zonder snot, net twaalf uur achter elkaar geslapen en geen poepluier te bekennen. Die moeders op 'the gram' met hun baby in een draagzak lekker aan de wijn op een terras? Mij is het nooit gelukt.

Toen de vader van Zara-Lizzy en ik vlak nadat ze één was geworden besloten – na er alles aan gedaan te hebben (van therapie tot breaks) – uit elkaar te gaan, merkte ik dat er voor mij persoonlijk echt een blok beton van mijn schouders viel. En ik wellicht helemaal niet de moeder was geweest die ik had willen zijn.

Het lastige aan een publiek leven is dat toen de berichten van de moedermaffia binnenstroomden. 'Krijg dan geen kinderen' was een van de vaak voorkomende reacties. Ondanks dat we samen besloten hadden dat dit beter voor ons, maar ook voor onze dochter was, komt er natuurlijk een schuldgevoel bij kijken waar je u tegen zegt.

Inmiddels zijn we weer een tijdje verder en kan ik uit eigen ervaring zeggen dat het voor ons allemaal de juiste beslissing is geweest. Onze dochter heeft nu in ieder geval een moeder met minder stress en veel meer energie, die ze nu in haar dochter kan steken.

Disclaimer: Alle geplaatste foto's van mijn dochter zijn voordat ze één jaar (12 maanden voor de freaks onder ons) werd. Na haar eerste verjaardag hebben we ervoor gekozen om haar niet meer in beeld te brengen.

PROGRAMMA DISNEY

Zara-Lizzy in haar te grote slaapzakje

En dan kijken alsof er niks aan de hand is

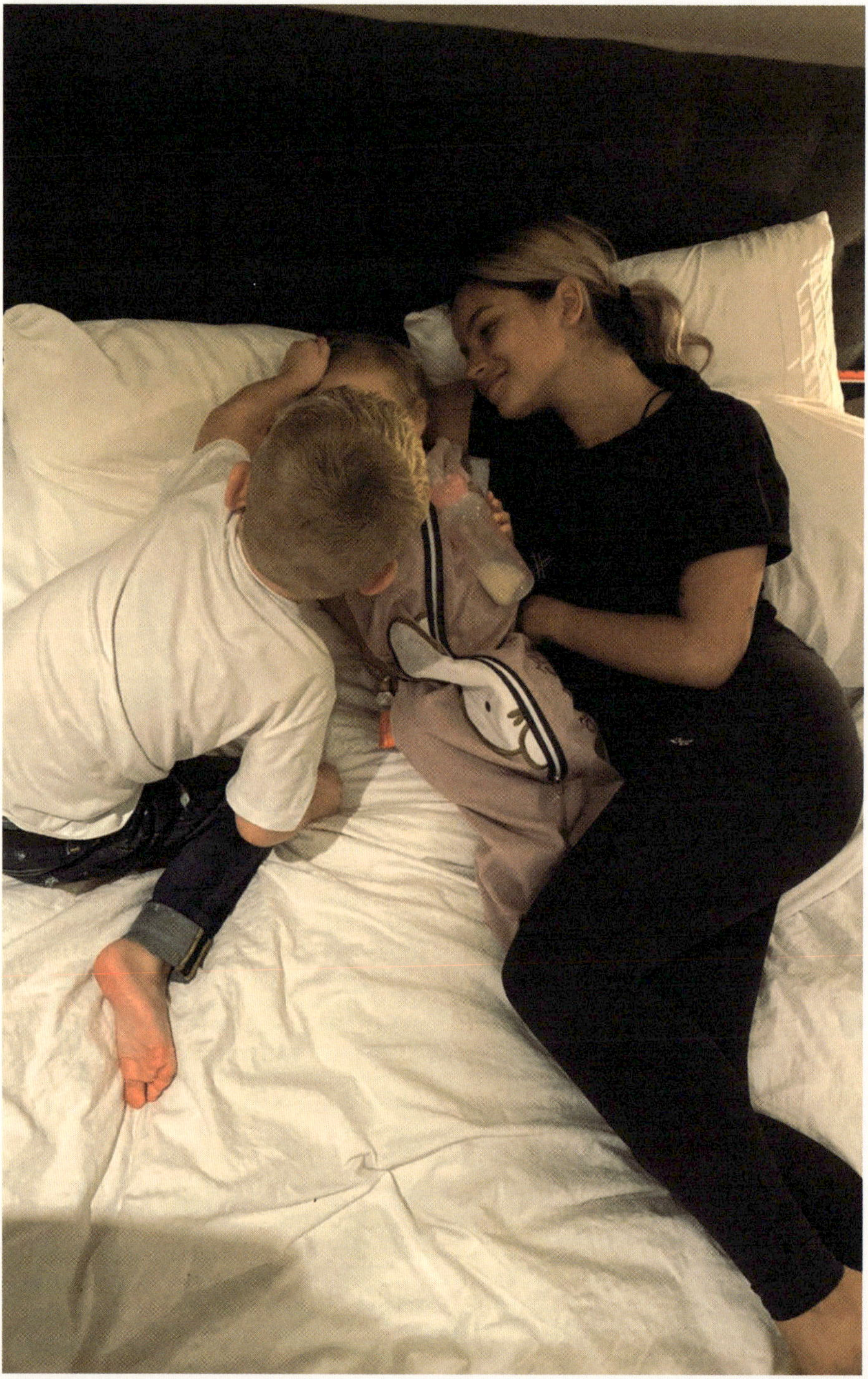

Slaapliedjes zingen met Mason, Zara-Lizzy's grote halfbroer

Ibiza 2019

Klaarmaken voor een shoot tijdens mijn verlof en bring-your-kid-to-work-day

Selfie time

Wanneer je in de veronderstelling was dat vliegen met twee kinderen je makkelijk af zou gaan

Ibiza 2019

Jezelf de hele dag uitsloven voor dit schattige lachje

Bloesempark Amstelveen 2019

CHAPTER 4

Sharing is caring

Dit hoofdstuk wil ik gebruiken voor het beantwoorden van een veelgestelde vraag, namelijk:

'Waarom zien we je dochter nooit meer online?'

Voor mij persoonlijk is de vraag an sich al het probleem. Waarom zijn mensen die ik, laat staan mijn dochter, niet ken benieuwd naar hoe zij eruitziet en wat ze doet? Die gedachte beangstigt me ergens en ondanks dat ik de keuze heb gemaakt om van het online sharen mijn werk te maken, vind ik ook dat ik wat dat betreft de verantwoordelijkheid voor mijn 2-jarige dochter moet nemen.
Ze heeft geen idee wat Instagram is (en ik zou ook willen zeggen YouTube, maar de iPad is niet uit haar handen te slaan, moedermaffia kom maar op...), laat staan de negatieve reacties die het met zich mee kan brengen. Uiteraard ben ik het meest trots op mijn dochter, maar als ik denk aan het feit dat ik momenteel 1,2 miljoen Instagram-volgers heb, vind ik het nogal gortig om haar te delen met 24 Johan Cruijff ArenA's vol.

Waarom ik haar tot haar eerste verjaardag wel deelde, was meer omdat er niet zoveel te vinden valt van een baby. Ze gaat gaandeweg natuurlijk steeds meer een karaktertje ontwikkelen en ik vind dat ze dat in alle vrijheid en in een veilige omgeving moet kunnen doen zonder het commentaar van Els uit Mierlo.

Wanneer ze ouder wordt, komt er ongetwijfeld een moment waarop ze waarschijnlijk, net als al haar klasgenootjes, haar eigen social-mediakanalen wil openen, maar dat is voor nu een zorg voor later. Ik had ook op de basisschool al een mobiele telefoon en dat was in de tijd van iets oudere vrienden ondenkbaar.
De ontwikkelingen gaan tegenwoordig zo snel dat ik het lastig vind om hier nu al uitspraken over te doen.
Wel wil ik hier ook bij vermelden dat de manier waarop ik het doe uiteraard niet de enige juiste is. Dit werkt voor ons momenteel, maar dat betekent niet dat ik oordeel over hoe andere ouders dit aanpakken en tegen dit onderwerp aankijken.
Dat niet oordelen – over welk onderwerp dan ook – zou de (online) wereld trouwens ook een stukje mooier maken.

CHAPTER 5

Body-shaming

Veranderingen (en het accepteren daarvan) horen bij het leven, maar met sommige veranderingen heb je net even iets meer moeite dan met andere.

Een verandering die ik persoonlijk als lastig ervaar, is de verandering van mijn lichaam. En dan met name mijn lichaam na een zwangerschap. Borsten, buik, gewicht en huid? Het is allemaal niet meer wat het geweest is, maar ironisch genoeg was ik hiervoor ook nooit blij met mijn lichaam. Een chronisch ontevreden klant van mijn lijf zou je kunnen zeggen.
Op dit vlak denk ik, of weet ik wel zeker, dat ik het af en toe 'mooier' wil presenteren naar de buitenwereld dan het in werkelijkheid is. De juiste angles, het goede licht, een voordelige filter en de vraag aan menig fotograaf of van dat lichaam tien kilo 'afgeshopt' kan worden. En neem dan ook die onderkin en grote voeten even mee. Als je dan toch bezig bent, zorg dan ook dat je de striae binnen een oogwenk van dat beeldscherm laat verdwijnen.

Tegenwoordig zie je online ook steeds meer 'echte lichamen' voorbijkomen en dat vind ik deels een positieve verandering. Over het algemeen worden de 'vollere' of 'niet-catwalkmodel worthy' lichamen als de 'echte' lichamen gezien waar dan ook weer skinnyshaming bij komt kijken.

Terwijl ik dit schrijf, heb ik sowieso het gevoel alsof ik op eieren loop dus laat ik vooropstellen dat het niet mijn intentie is om ook maar iemand te kwetsen. Wel denk ik dat het, ook op het gebied van lichamen, verstandig is gezond zijn vooral te promoten en de balans daarin te vinden. Of Instagram-accounts van meiden met overduidelijk overgewicht die maar Twixen in hun mond schuiven dan het juiste voorbeeld zijn? Ik denk het niet. Waar de lichamen van Victoria's Secret-modellen mij ook onzeker hebben kunnen maken, wil ik anderzijds ook niet dat mijn dochter straks denkt dat het 'normaal' is om een ongezond BMI te hebben. Wederom is het de balans die moet kloppen. Onder- én overgewicht zijn niet gezond, ondanks dat je er niet altijd iets aan kunt doen.

Het opende ook mijn ogen toen ik op de Instagram-pagina van Romee Strijd zag dat zij door haar strenge dieet en heftige sportschema niet eens meer ongesteld werd en daardoor dus moeite had met haar kinderwens. Maar ook verbaasde ik me over de tegenstrijdigheid in de Videoland-docu van Miljuschka en wat voor discussie dat oprakelde. De #bodypositivity-gemeenschap die een nogal complex aantal regels en eisen met zich meebracht, maar ook Linda de Mol die door het slijk gehaald werd omdat ze een cover uitbracht in bikini. Al met al denk ik dat we in general al een stuk verder komen door een beetje lief voor elkaar te zijn en niet te veel te willen oordelen.

Goed, over op mijn persoonlijke onzekerheden die ik lang niet altijd, danwel nooit, laat zien. Tijd voor die letterlijke billen bloot met kiekjes waar ik trots én minder trots op ben. Striae, cellulite, foto's waarop ik mezelf te zwaar vind en foto's waar ik nu alleen maar van kan dromen.

En maar blijven zeiken ...

High-waisted broekjes zijn life

MATRIX

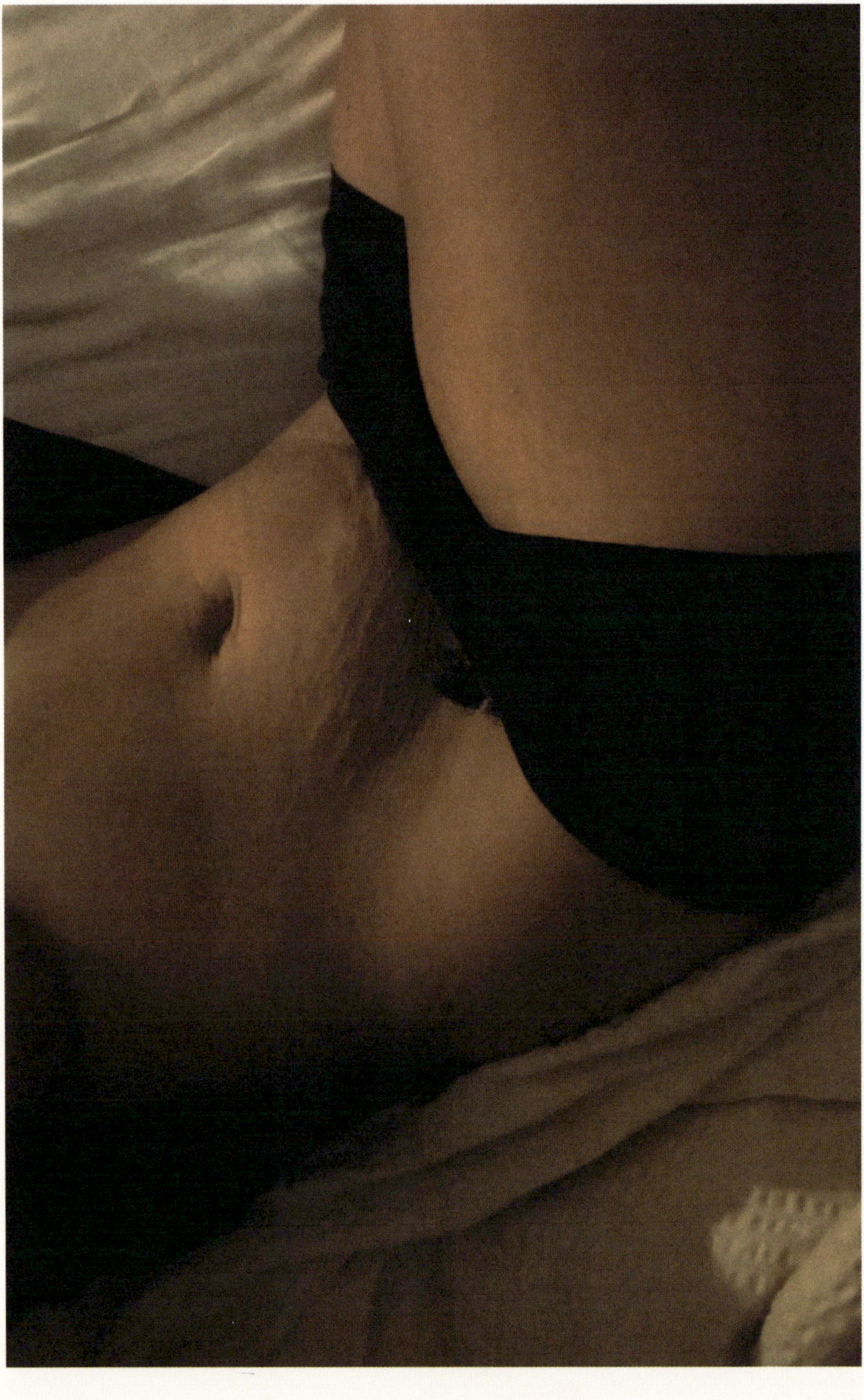

Hoe mijn buik eruit zag net na de zwangerschap

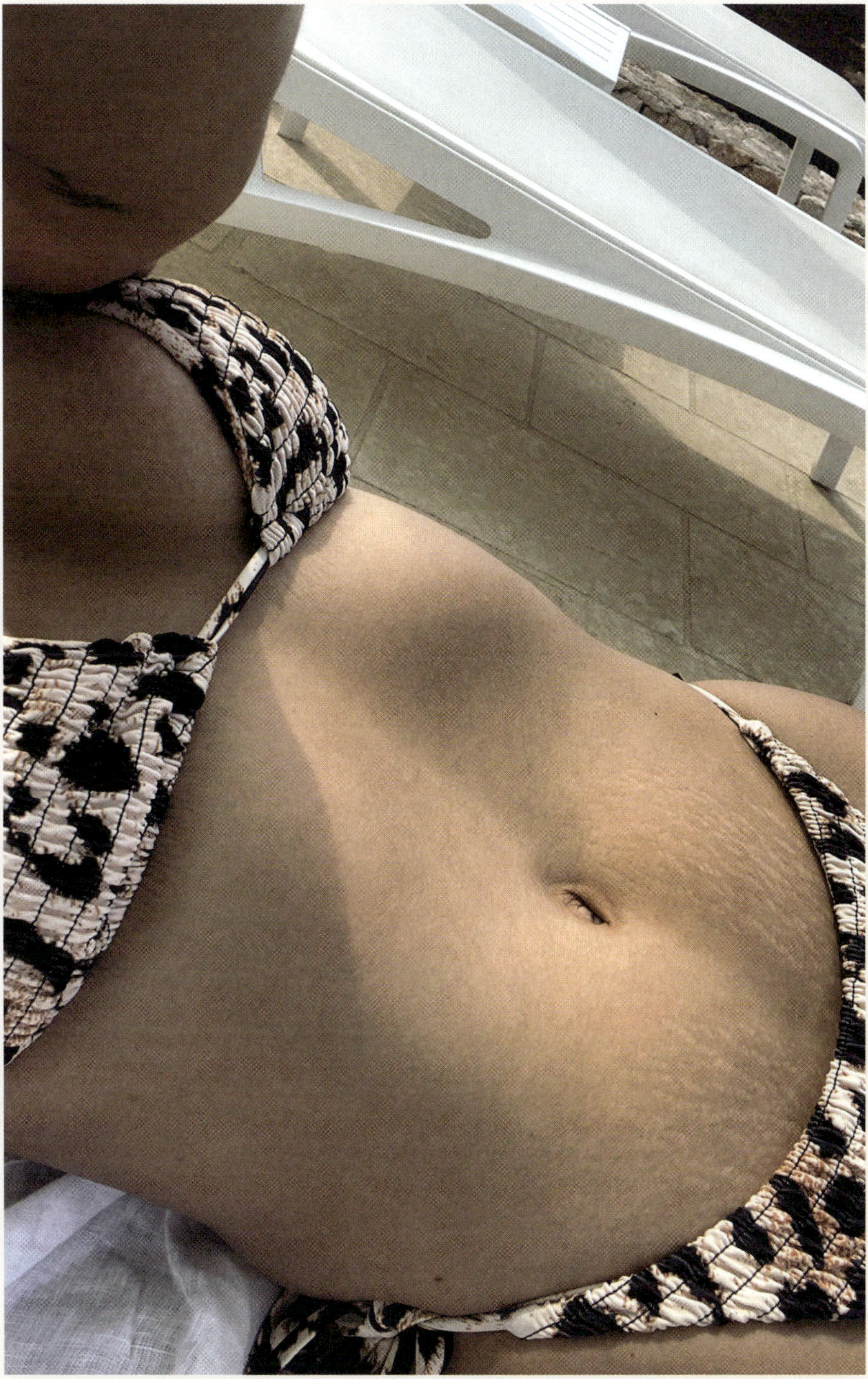

Hoe mijn buik er nu uit ziet.. wel strakker maar nog steeds duidelijk striae

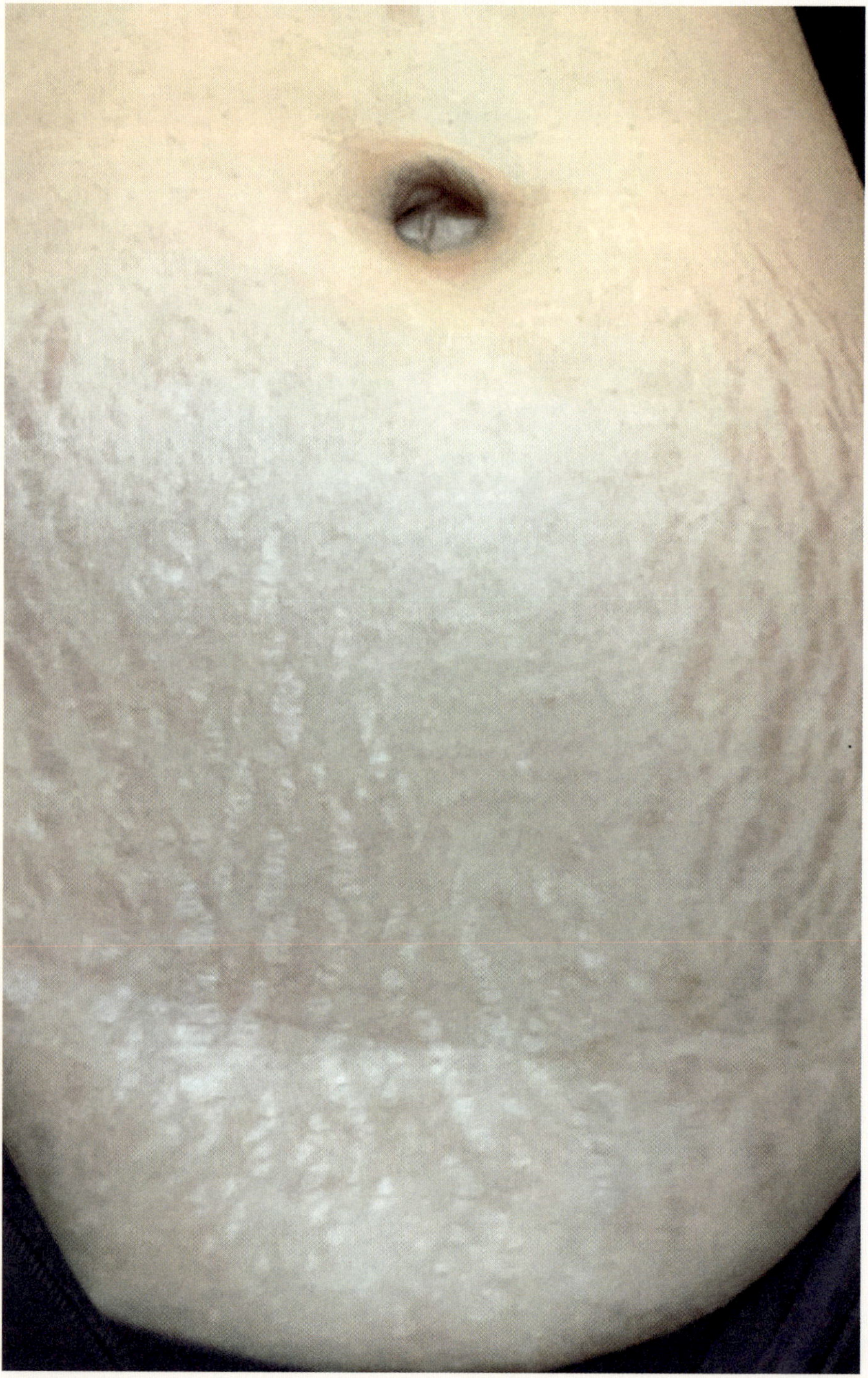

Striae net na de zwangerschap

Foto na opbeurende peptalk met Viv en Jess over blij zijn met je lichaam

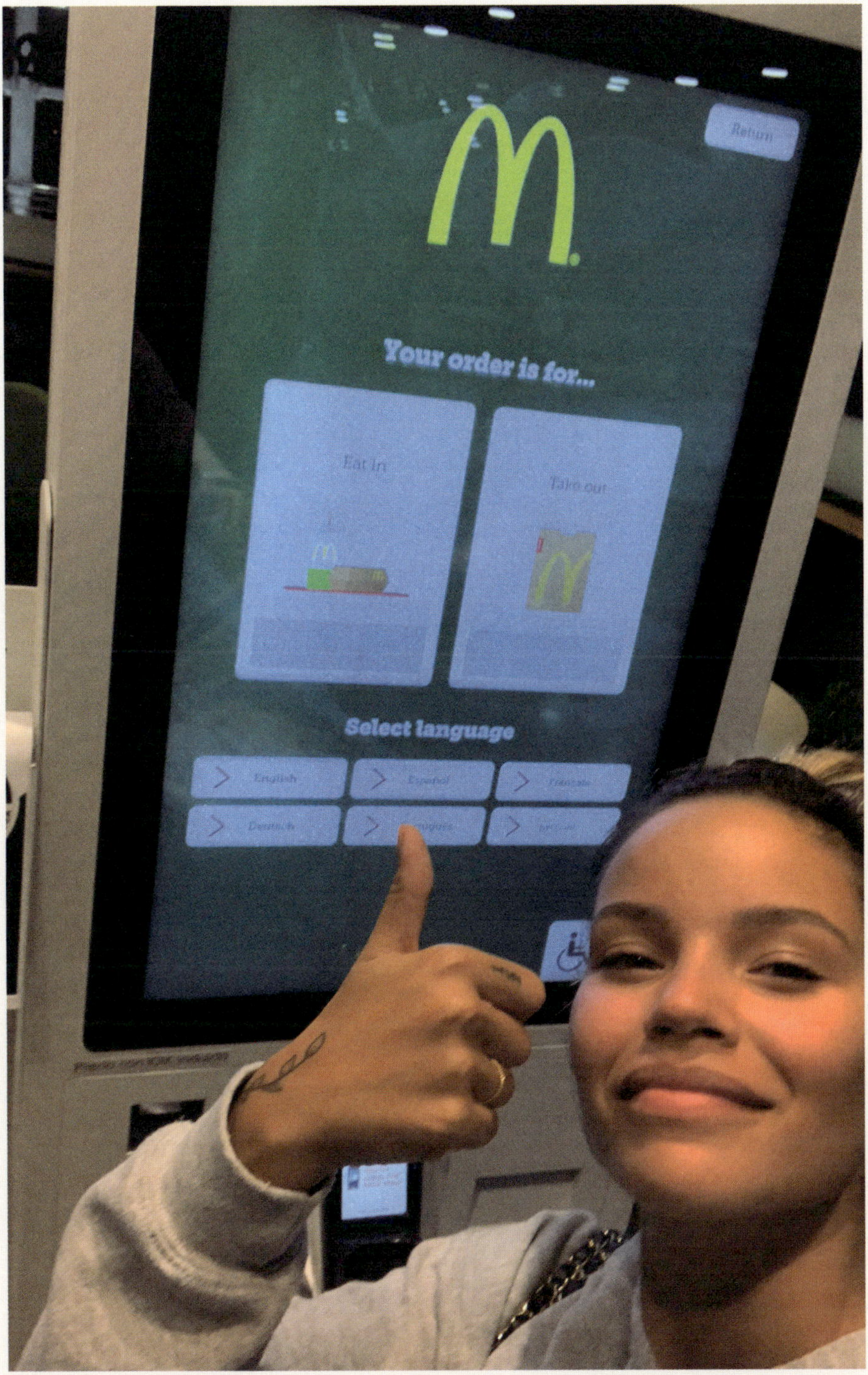
Return
Your order is for...
Eat in
Take out
Select language

Wanneer ik echt op mijn eten let en obsessief sport…
(Als ik dit nu zie, denk ik: dit lichaam wil ik weer terug, maar op dat moment was ik totaal niet tevreden)

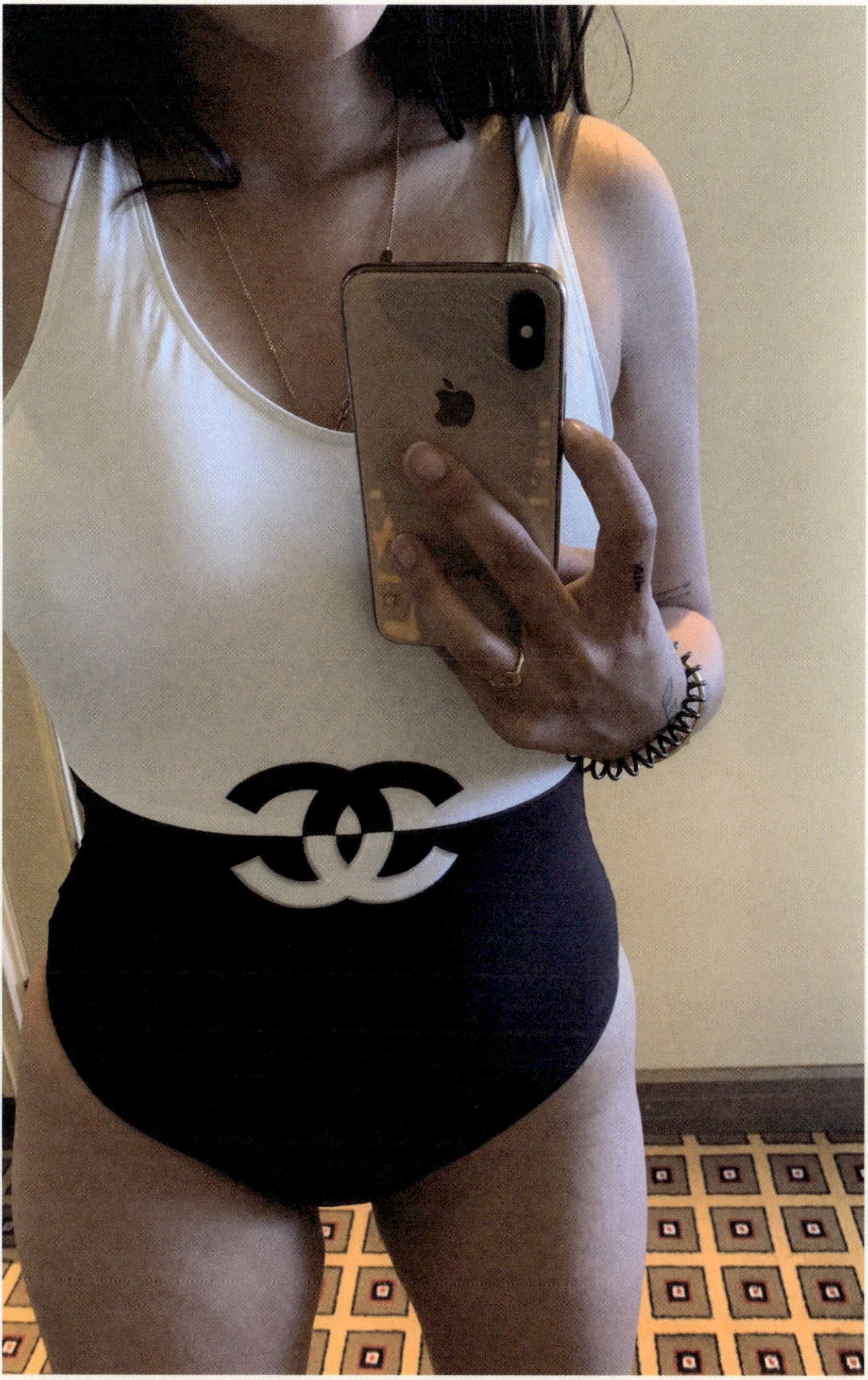

Er bestaat ook minder flatterende badkleding

Gran Canaria 2019

Wanneer je denkt dat je een maatje kleiner kunt bestellen

Ibiza 2020

Dior

Weer eens over mijn grens gegaan in de gym

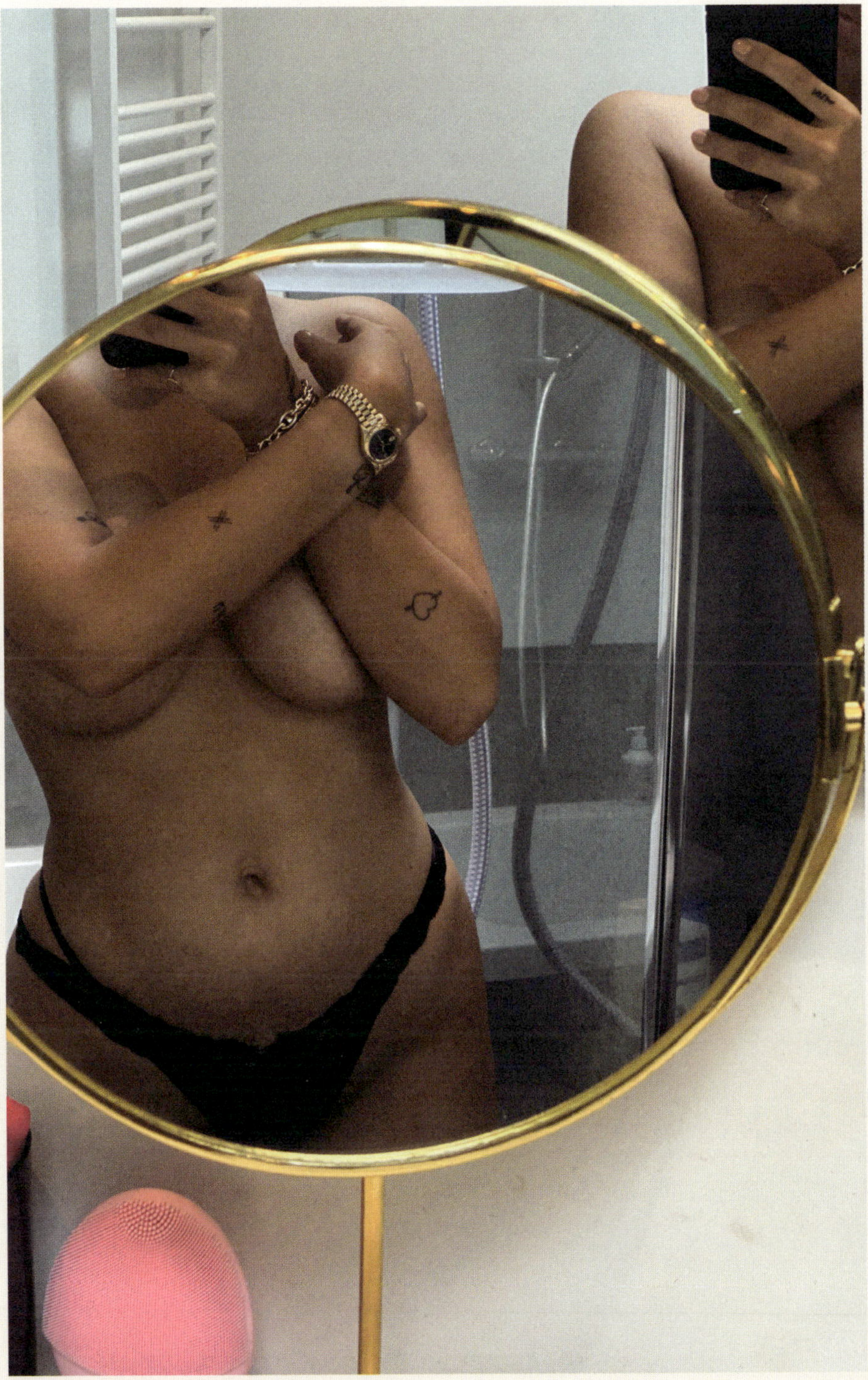

Wanneer ik mijn lichaam later terugzie op foto's, vraag ik me altijd af waarom ik het zo lastig vind blij te zijn met het lichaam dat ik heb

CHAPTER 6

Best kept secret

Ik noem het mijn best kept secret maar eigenlijk krijg ik best vaak de vraag op YouTube of Instagram of ik iets aan mijn borsten heb laten doen. Voor mij best een spannend onderwerp omdat dit iets is waar ik van jongs af aan onzeker over ben.

Als jong meisje had ik altijd een vrij magere bouw. Geen vetjes, geen rondingen, niks. Toen de puberteit aanbrak, gebeurde er bij iedereen in mijn omgeving wel iets maar bij mij leek het alsof de tijd stilstond. Iedere zomer weer dacht ik: volgend jaar zit er wél iets en hoef ik me niet meer te schamen als ik in bikini moet. De tijd vorderde maar in al die tijd was het moment dat ik eindelijk vaarwel kon zeggen tegen mijn HEMA-kindertopjes nog niet aangebroken.

De onzekerheid bleef aanhouden en in zekere zin werd het een soort obsessie. Ik wist zeker: wat niet is kan nog komen, al moet er een creditcard aan te pas komen. Ik heb ontzettend veel research gedaan en ben in verschillende klinieken bij diverse artsen op intake geweest. Toch durfde ik steeds niet en schoten er constant verschillende gedachtes door mijn hoofd. 'Snijden in een gezond lichaam, is dat iets dat je überhaupt ooit zou moeten doen?' 'Het is ontzettend veel geld, is het dat waard?' en 'Ga ik ooit wél tevreden zijn?' Om nog maar te zwijgen over de angst om wellicht wakker te worden tijdens de operatie.

In augustus 2017 was het dan zover. Na een goede ervaring van een vriendin van me durfde ik het dan ook eindelijk aan. Ontzettend zenuwachtig maar ook erg benieuwd naar wat deze operatie voor me zou gaan betekenen waren de emoties die op de ochtend van de operatie overheersten.

Na wat medicatie en het aanbrengen van het infuus werd ik naar de operatiekamer gereden en vroeg de anesthesist waar ik over zou gaan dromen. Voordat ik antwoord kon geven, werd ik drie uur later weer wakker. De operatie was voorspoedig gegaan, ik voelde me helemaal goed en had ook geen last van de narcose. Na een dag op bed om uit te rusten stond ik na 48 uur alweer op een bowlingbaan en in een club een verjaardag te vieren.

De zomer was net voorbij maar ik kon niet wachten om op het strand in mijn bikini rond te paraderen na al die jaren onzeker geweest te zijn. Ik was voor een degelijk maatje gegaan, maar in ieder geval een waarbij het überhaupt zin had om een bh te dragen. Jurkjes stonden mooier en ik voelde me een stuk zelfverzekerder, dit was het allemaal waard geweest.

Tot op een gegeven moment mijn borsten pijn begonnen te doen en het leek alsof ze begonnen te zwellen. Ik vroeg me af of er iets fout was gegaan of dat ik misschien toch rustiger aan had moeten doen tijdens mijn herstel. Niets was minder waar: ik bleek zwanger.

Dolgelukkig was ik met het babynieuws, maar dit nieuws ging ook meteen weer gepaard met het feit dat ik de verandering in en aan mijn lijf lastig kon accepteren. Het leek wel alsof ik mijn borsten met de seconde zag groeien en hoewel ik daar voorheen waarschijnlijk dolblij mee was geweest, had ik mezelf nou net twee maanden ervoor het perfecte maatje aangemeten. Ik vond dit zo lastig en confronterend om te zien. Daarnaast leek het op dat moment dan ook het enige dat er groeide, want een babybump was nog nergens te bekennen halverwege de zwangerschap. In week 27 was er echter geen ontkennen meer aan en leek het alsof ik van de een op andere dag een zesling in me had groeien.

Ik dacht dat er geen sprake zou zijn van striae totdat ik van onder een foto wilde maken van mijn buik. Mijn buik zat onder de dieprode, bijna paarsachtige, strepen en stond helemaal op spanning. Helaas pindakaas, op dat moment was dat natuurlijk het laatste waar ik me zorgen om maakte. Ten eerste was ik in de wolken met mijn zwangerschap (op al het rauwe eten én de rode wijn die ik heb moeten missen na) en ten tweede die baby moest er nog uit.

Over de bevalling zelf zou ik al drie boeken kunnen schrijven, maar daar heb ik een video over gemaakt (te bekijken op mijn YouTube-kanaal).

De dag nadat Zara-Lizzy geboren was, kon ik rustig aan mijn lijf weer bekijken. Ik was altijd al benieuwd hoe zo'n buik er dan direct na een bevalling uit zou zien. Helaas heb ik er destijds geen foto van gemaakt want ik vond het vreselijk om te zien.

De stuwing begon en mijn borsten werden keihard en pijnlijk, ik gaf geen borstvoeding en maakte me zorgen omdat er nog geen jaar implantaten in zaten. Toen mijn melkproductie stagneerde, nam het volume van mijn borsten af en werd het steeds meer loshangend vel versierd met striae. Je kunt je voorstellen: ik was niet blij.

Na, ik denk, twee weken stond ik op een ochtend onder de douche en bukte ik voorover om shampoo te pakken, tot ik iets raars voelde. De huid rondom mijn borsten was dusdanig opgerekt dat mijn implantaten gewoon draaiden als ik voorover of opzij leunde. In paniek belde ik de chirurg en maakte een afspraak. Grappend omschreef hij de situatie als 'een kiezelsteen in een sok' gevolgd door de mededeling dat hier binnen nu en een jaar niks aan ging veranderen en dat opereren nog geen zin had.

Die zomer in bikini op het strand paraderen is hem weer niet geworden en ik heb anderhalf jaar lang 24/7 in een strakke sportbh geleefd. Ook als ik ging slapen, want anders kon ik niet op mijn zij liggen.

CHAPTER 7

Best kept secret – part 2

Je begrijpt, dit hoofdstuk is nog niet afgerond. Na anderhalf jaar als een ingebonden mummie door het leven te hebben bewogen, was daar dan eindelijk de afspraak voor operatie numero 2.

Op een erg vroege ochtend in november 2019 was het zover. Voor de eerste operatie was ik ontzettend zenuwachtig geweest, maar op deze kon ik niet wachten. Ik werd geopereerd in een ander ziekenhuis dan voorheen en werd wederom vriendelijk en fijn behandeld. De anesthesist vroeg ditmaal wat mijn lievelingsmuziek was en voordat ik zijn reactie kon zien toen ik Justin Bieber wilde zeggen, was ik alweer weg.

Het herstel was ditmaal wat pittiger en omdat Zara-Lizzy's vader en ik net uit elkaar waren, bracht ik mijn herstelperiode door in een hotel.

Tijdens mijn herstelweek kwam ook het nieuws van de break-up naar buiten. Ergens vond ik het wel fijn dat ik het daardoor in mijn video's in ieder geval niet hoefde te hebben over mijn operatie. Anderzijds was het op dat moment uiteraard best veel. We gingen uit elkaar, mensen vonden er wat van, ik voelde me schuldig én ik voelde me alsof er een vrachtwagen over me heen was gereden. Zit je dan in je vijfsterrenhotel.

Over het algemeen ging ook dit herstel snel en toen de zwelling afnam, kon ik eindelijk het eindresultaat zien.

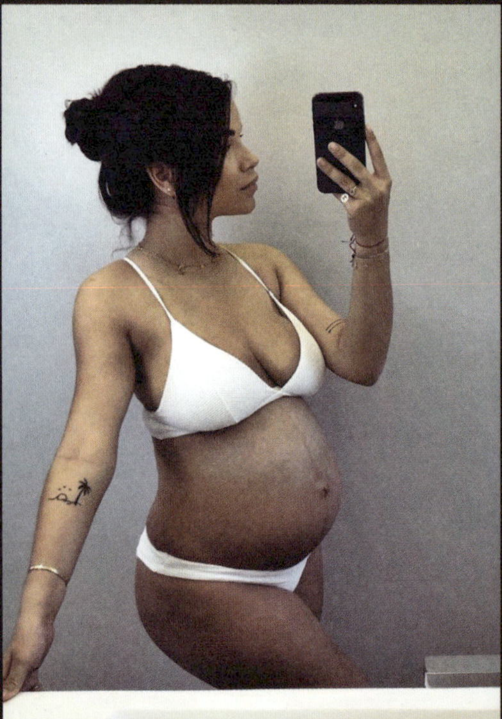

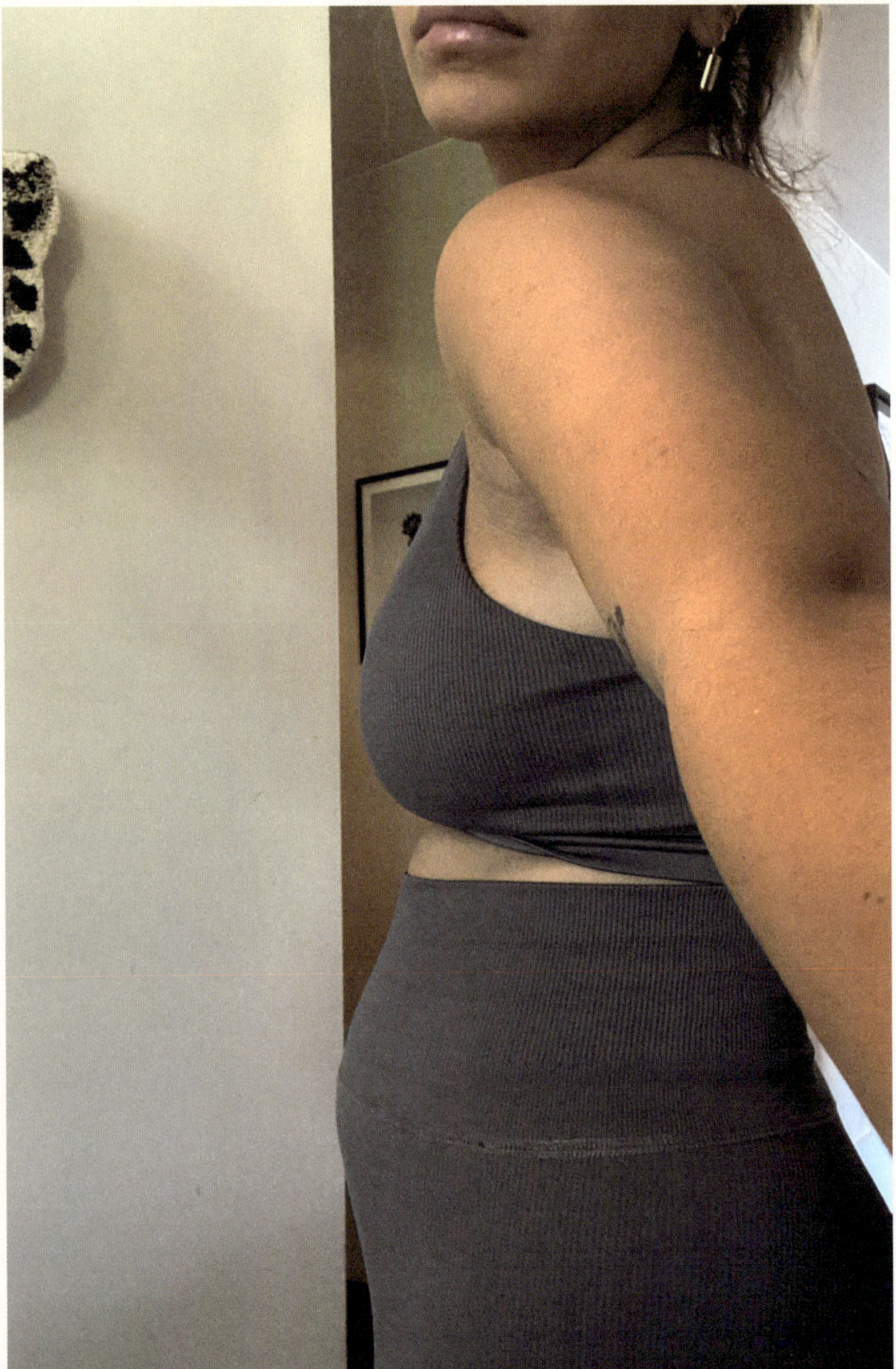

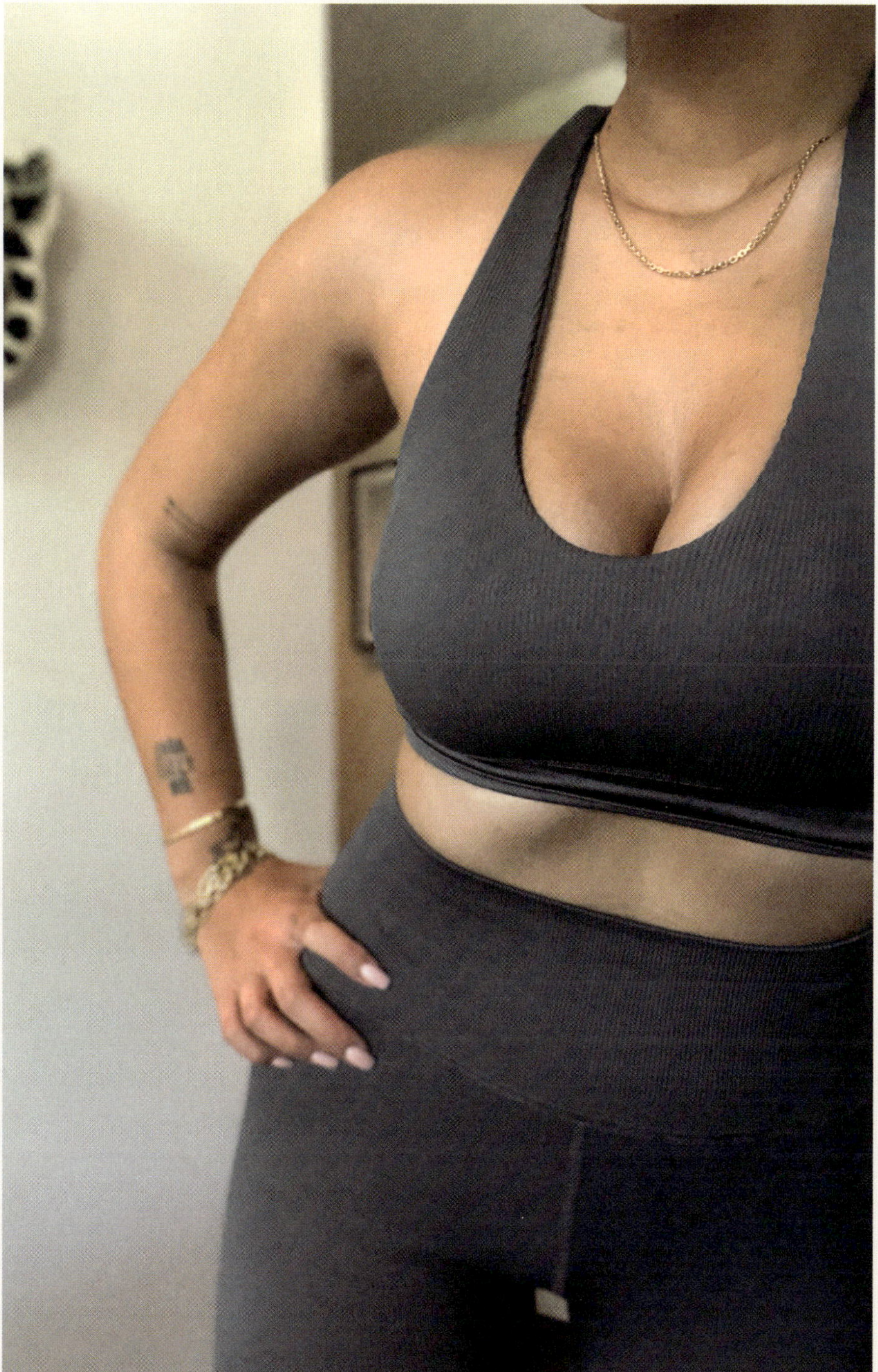

Net wakker na operatie

Om een aantal vragen te beantwoorden waarvan ik kan begrijpen dat ze nu door je hoofd heengaan:

'Heb je een borstvergroting gehad?'

'Ja, twee operatieve en nog één tussendoor, genaamd de zwangerschap.'

'Waarom heb je hier nooit iets over gedeeld?'

'Ik denk omdat het voor mij iets was wat me van jongs af aan al zo erg bezighield, dat ik het te pijnlijk vond om te delen. Ook al was ik zo gewend dat eigenlijk met alles te doen.'

'Ben je uiteindelijk blij met het resultaat en zitten die zelfverzekerde zomers er nu wel in?'

'Nee en nee. Ik was blij na de eerste ingreep omdat ik het formaat bij mijn lichaam vond passen maar dat veranderde dus al snel. Nu na de zwangerschap ben ik weer niet blij met het loshangende vel op mijn buik. Ik ben nu tienduizenden euro's verder maar wat blijkt: zelfverzekerd zijn is niet te koop.'

'Zou je iets tegen je jongere zelf willen zeggen op het gebied van plastische chirurgie of cosmetische ingrepen?'

'Dit vind ik best lastig te beantwoorden. Voor mij persoonlijk weet ik dat als er iemand was geweest die me van tevoren had proberen te overtuigen het niet te doen en om eerst van mezelf te leren houden zoals ik ben, deze persoon niet zoveel had kunnen bereiken omdat ik het zó graag anders wilde zien. Verder ben ik ook echt een voorstander van het feit dat iedereen zou moeten doen wat hem of haar gelukkig maakt. En vind ik het ook iets moois dat, wanneer je niet blij bent met iets, je het voor je eigen zelfbeeld zou kunnen "perfectioneren"'.

'Zou je het nog eens doen?'

'Met de kennis die ik nu heb, had ik absoluut gewacht tot ik uitgebaard en uitgezwangerd was. Niks ten nadele van mijn arts. Bij mij was het vooral een kwestie van slechte timing en mijn eigen zelfbeeld dat me in de weg zat, of misschien af en toe nog wel zit.'

Als ik de tijd terug kon draaien had ik dat waarschijnlijk wel gedaan, maar dan niet om mijn lichaam, maar om mijn allerliefste dochter die veel en veel te snel opgroeit.

CHAPTER 8

Unreleased 2.0

Het was eigenlijk de bedoeling dat dit enkel een fotoboek zou worden met een kijkje in mijn unreleased filmrol alleen is dat net even iets anders gelopen.

Enjoy en thanks voor het lezen!

CORNEY&

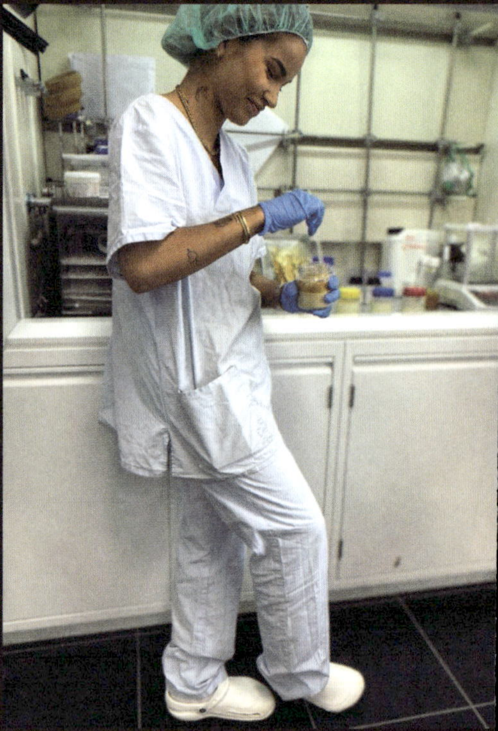

I AM THE
BOSS

TOI now
ENJOY A GREEN PRODUCT

2020

Van Gogh

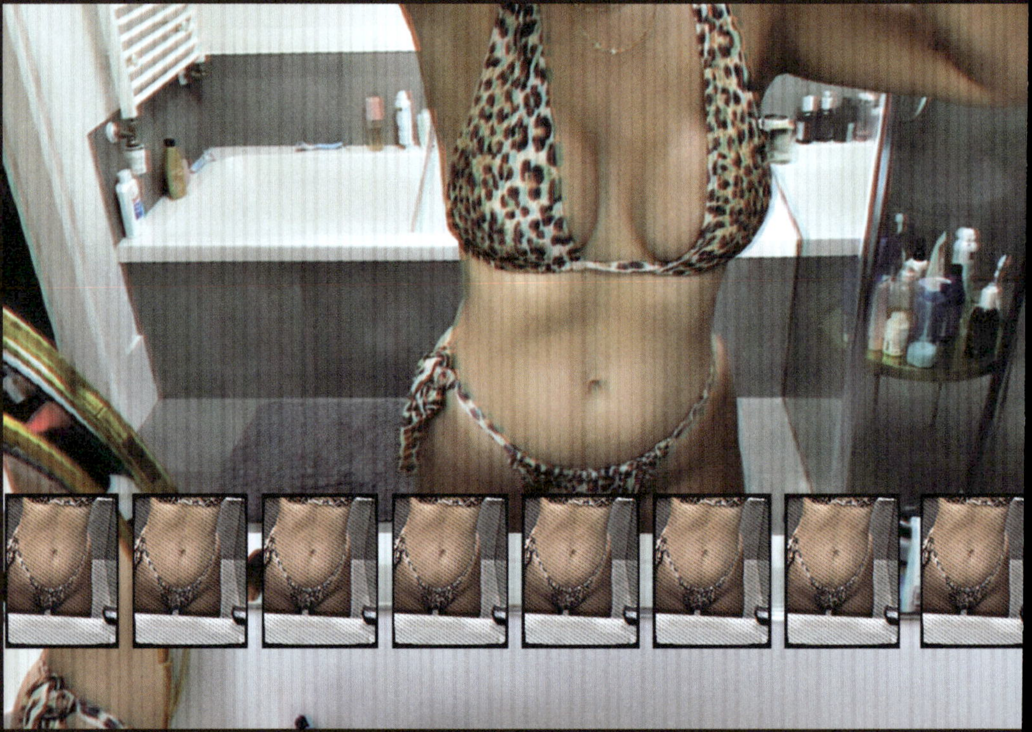

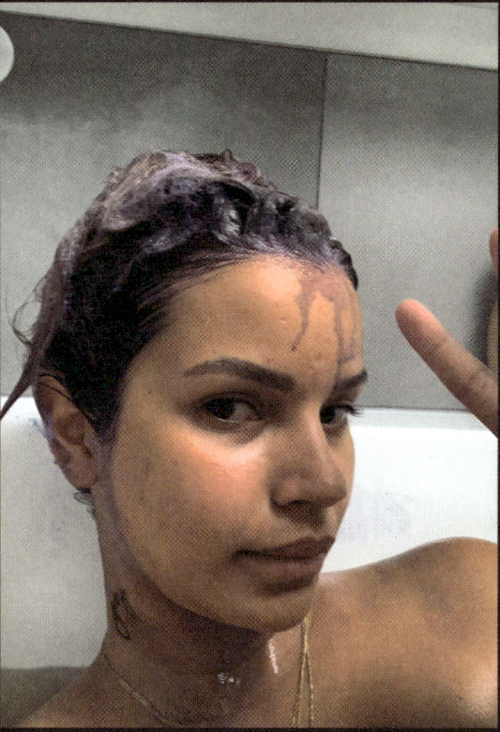

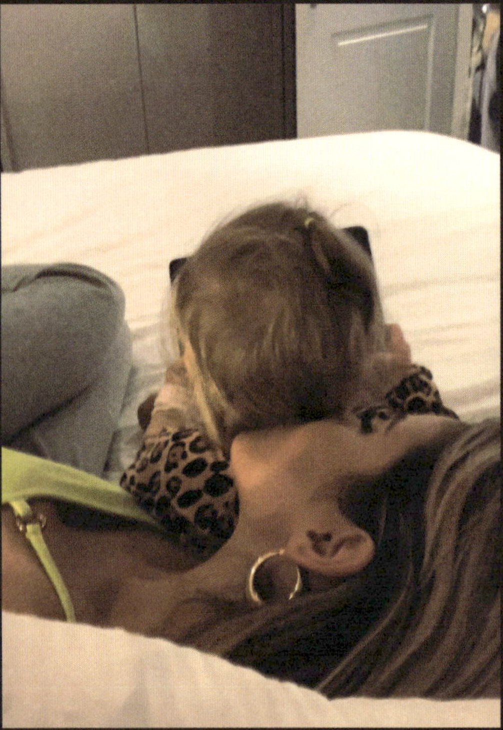

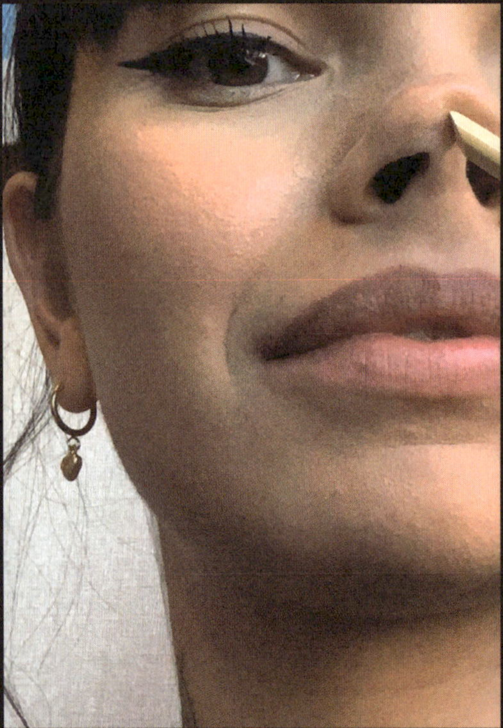

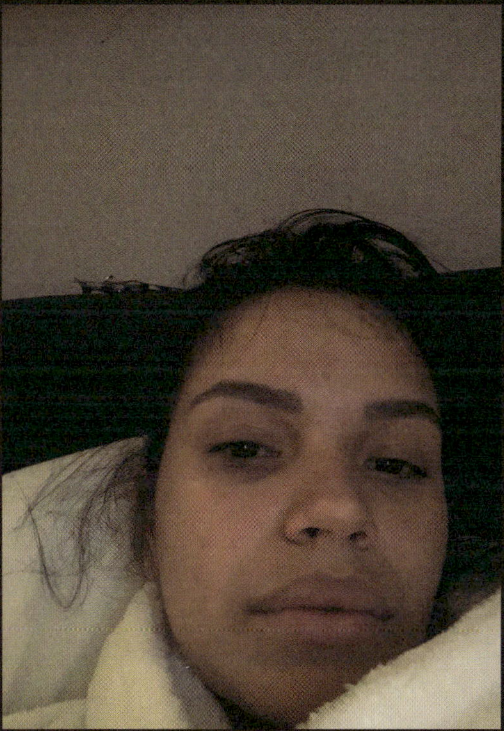

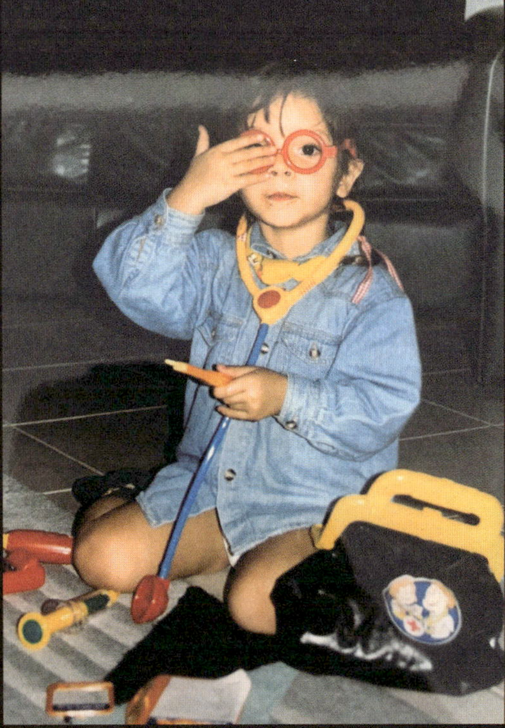

finalist

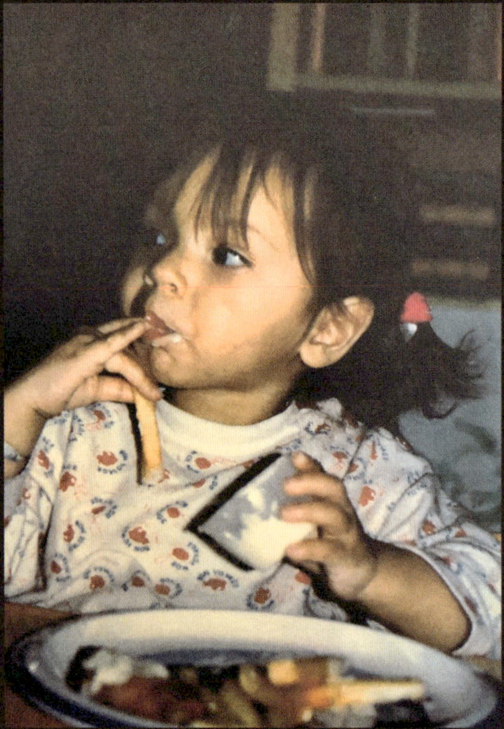

P

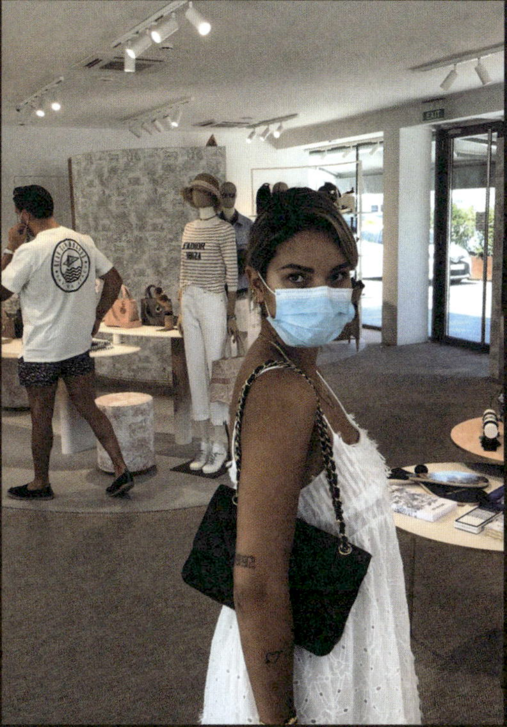

DIOR

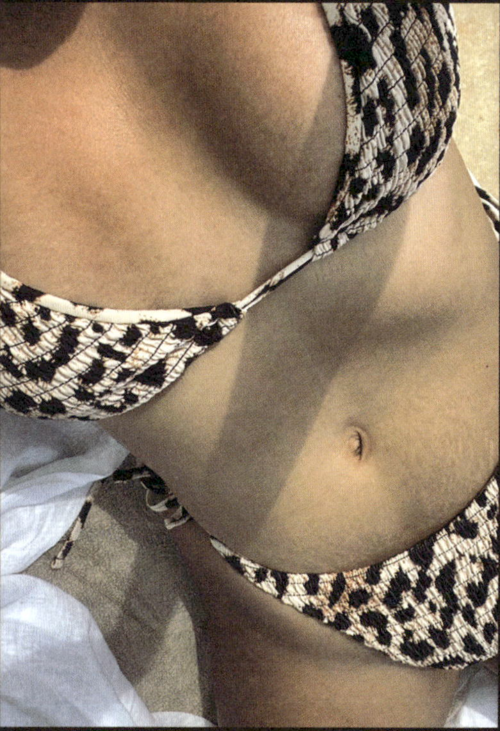

ZAFUL
YOUR HANDS
-XVIIII-

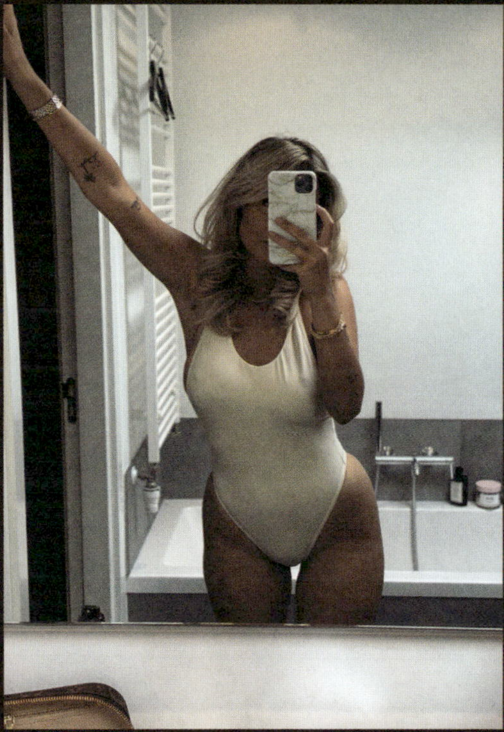

De allereerste foto van Rob en mij

Blij met mijn facings

Gran Canaria 2019

Net gesport

Vinkeveen 2020

Love you

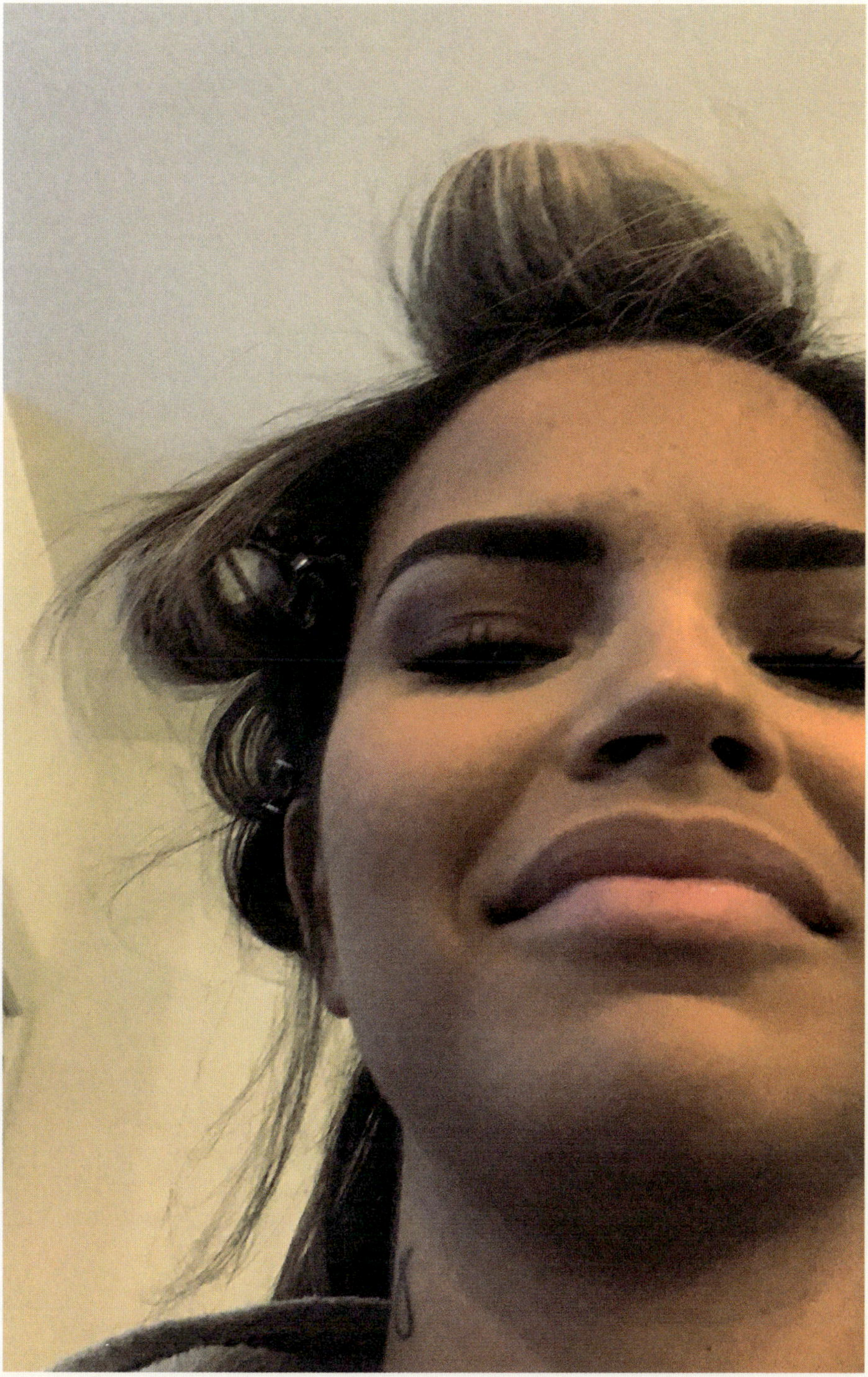

In de steigers, maar not feeling my look yet

Toen ik hoorde dat mijn beste vriendin Danique was bevallen

STACH

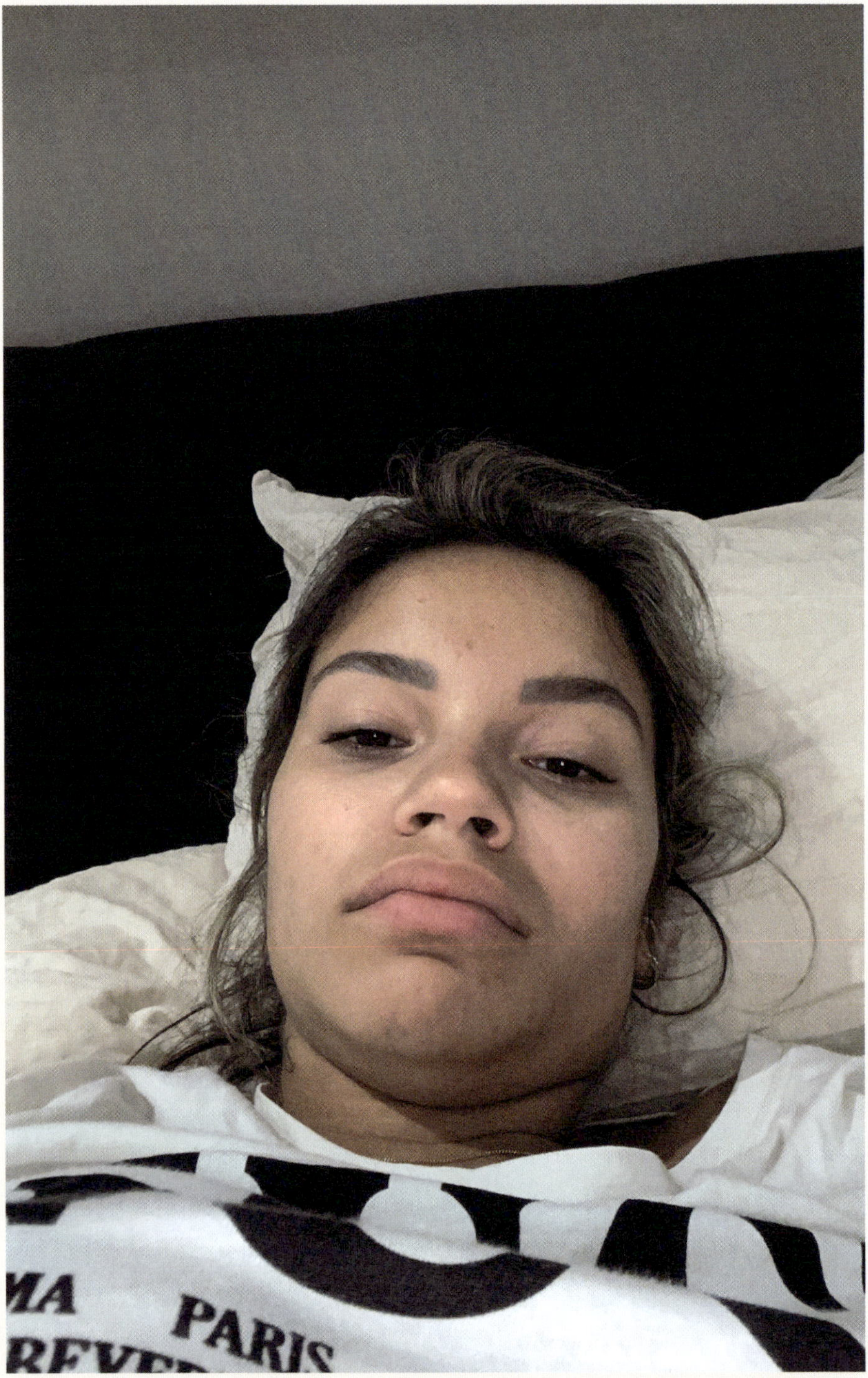
MA
PARIS

Mijn haar verzieken bij de kapper

Vitamine-infuus vlak voor de eerste lockdown

Mood na tweede date met Robbert

Selfcare is very important

Op vakantie in 2020

Hoe mijn favo zondag eruitziet: Van Dobben en mijn liefde

Motherhood mood

Ibiza 2019

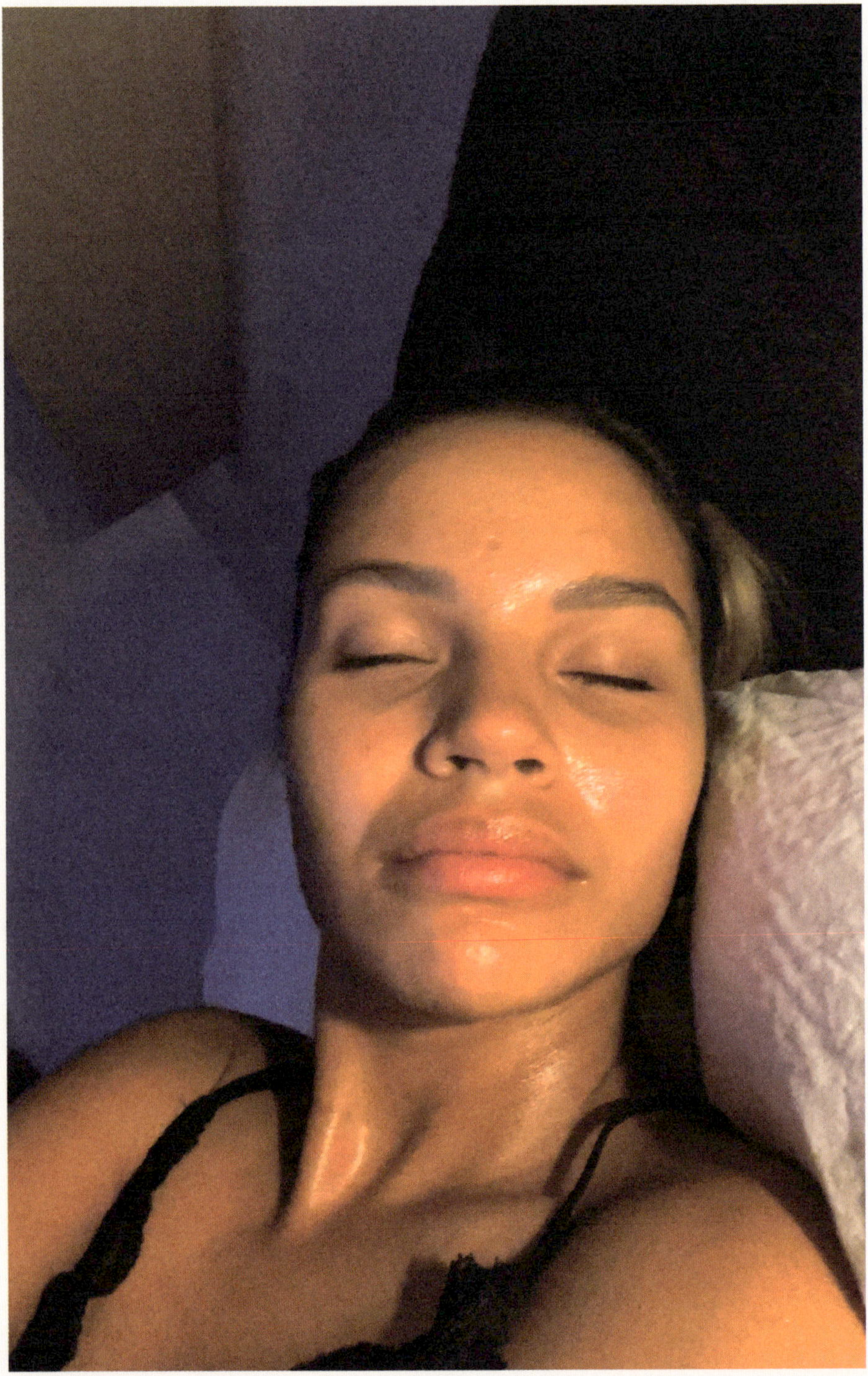

Als een glimworm in bed na een avondje selfcare

Mood when stressed out

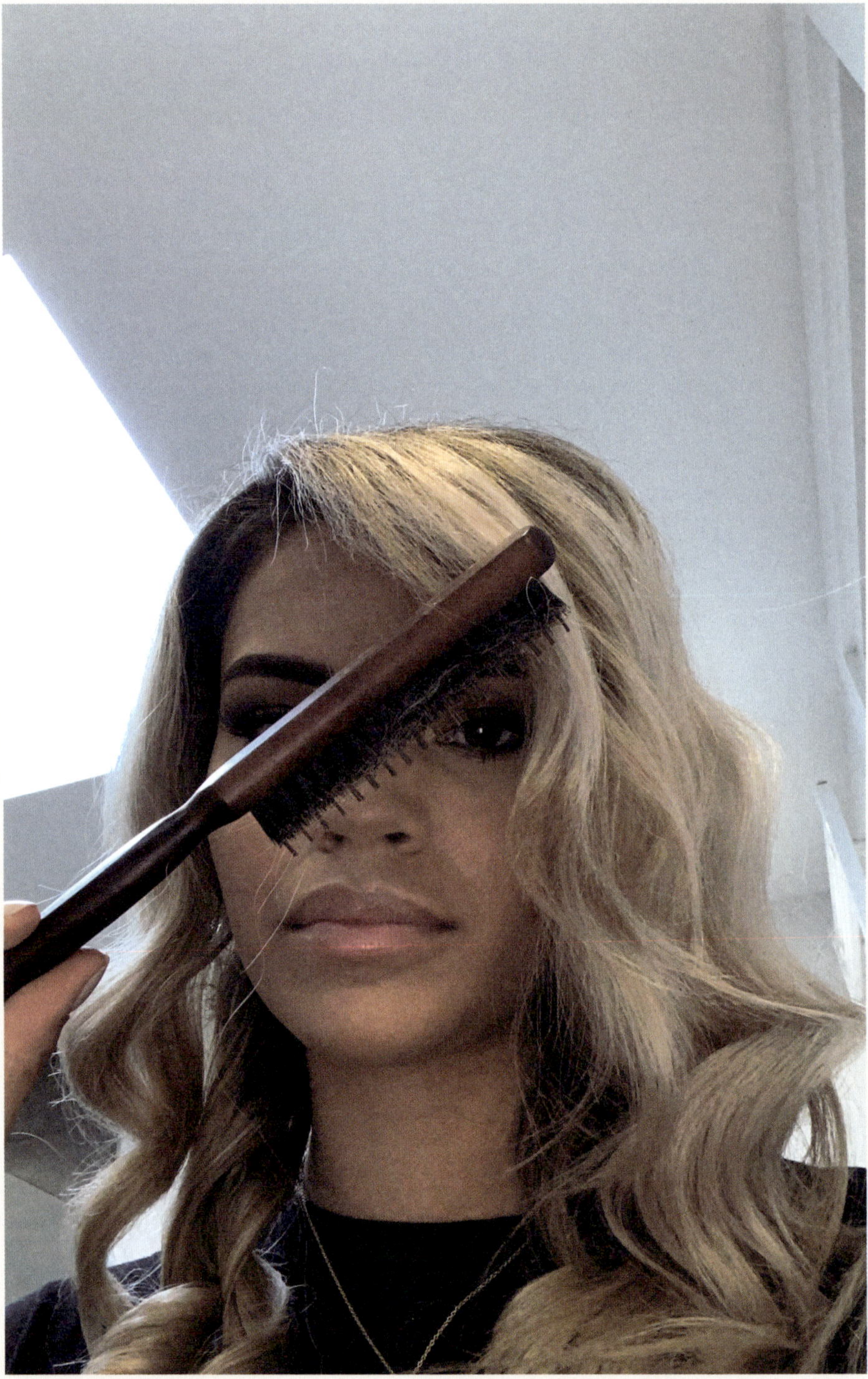

Wanneer je vriendinnen vragen of Casa Rosso weer geopend is, nadat je een foto van je nieuwe laarzen in de groepschat stuurt

Awkward mood

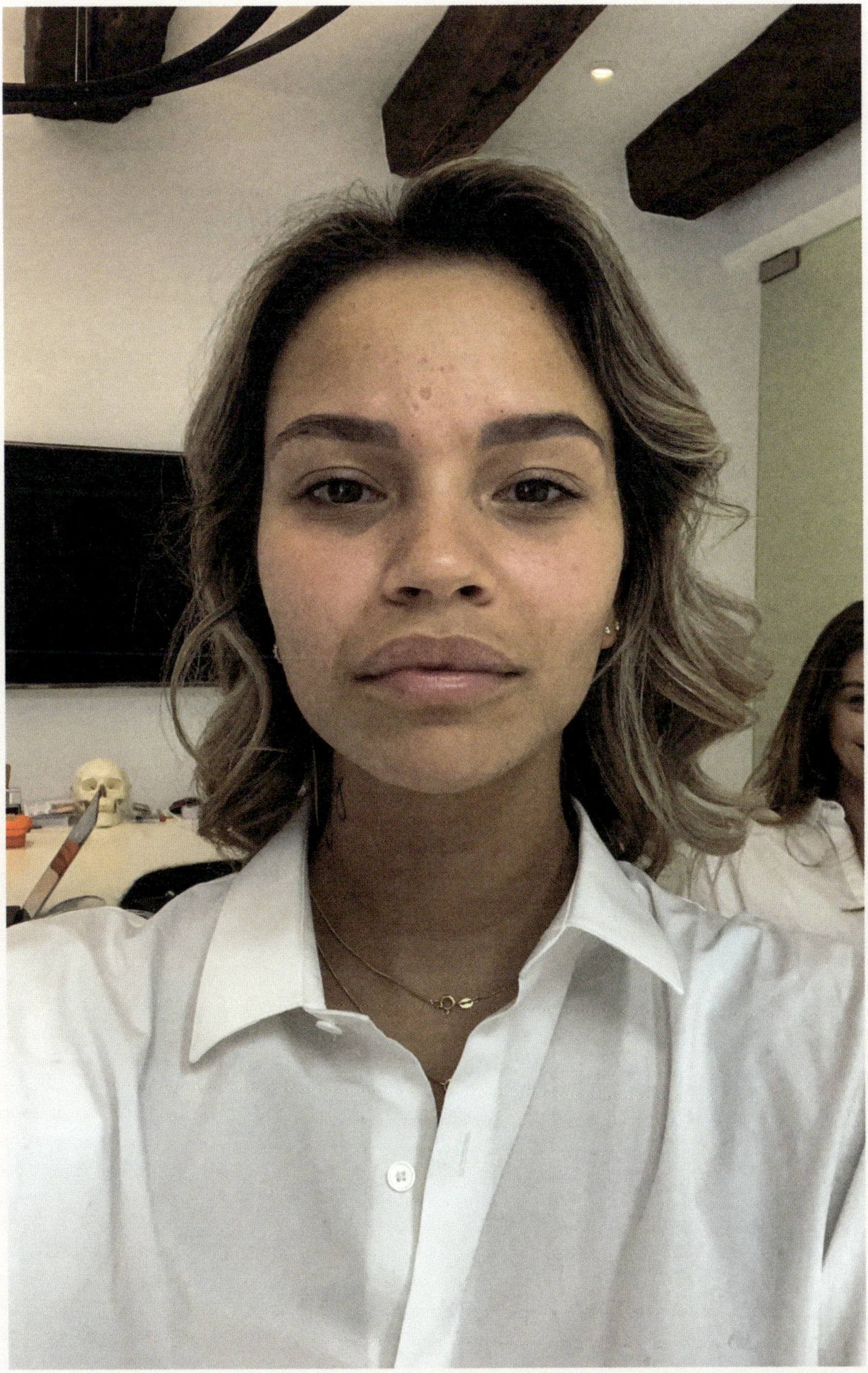

Weer lekker de spiertjes laten ontspannen/platleggen bij mijn favo arts

Backstage MEAUXMEAUX-shoot

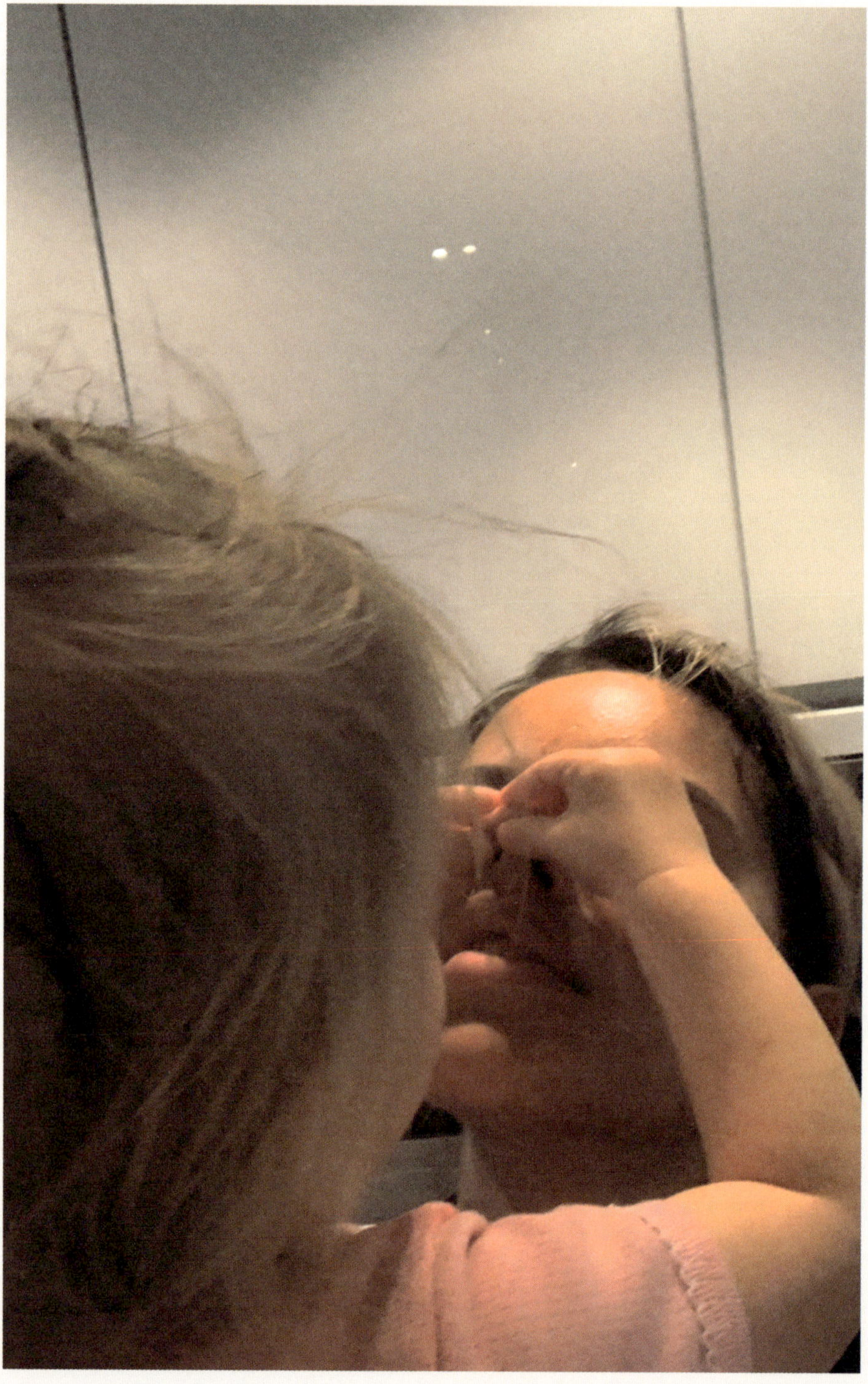

Coronateststraat Zara-Lizzy

My fav

Ik hoop dat hij mij voor altijd zo verliefd in mijn ogen blijft kijken

Backstage Temptation Island Italië 2020

for

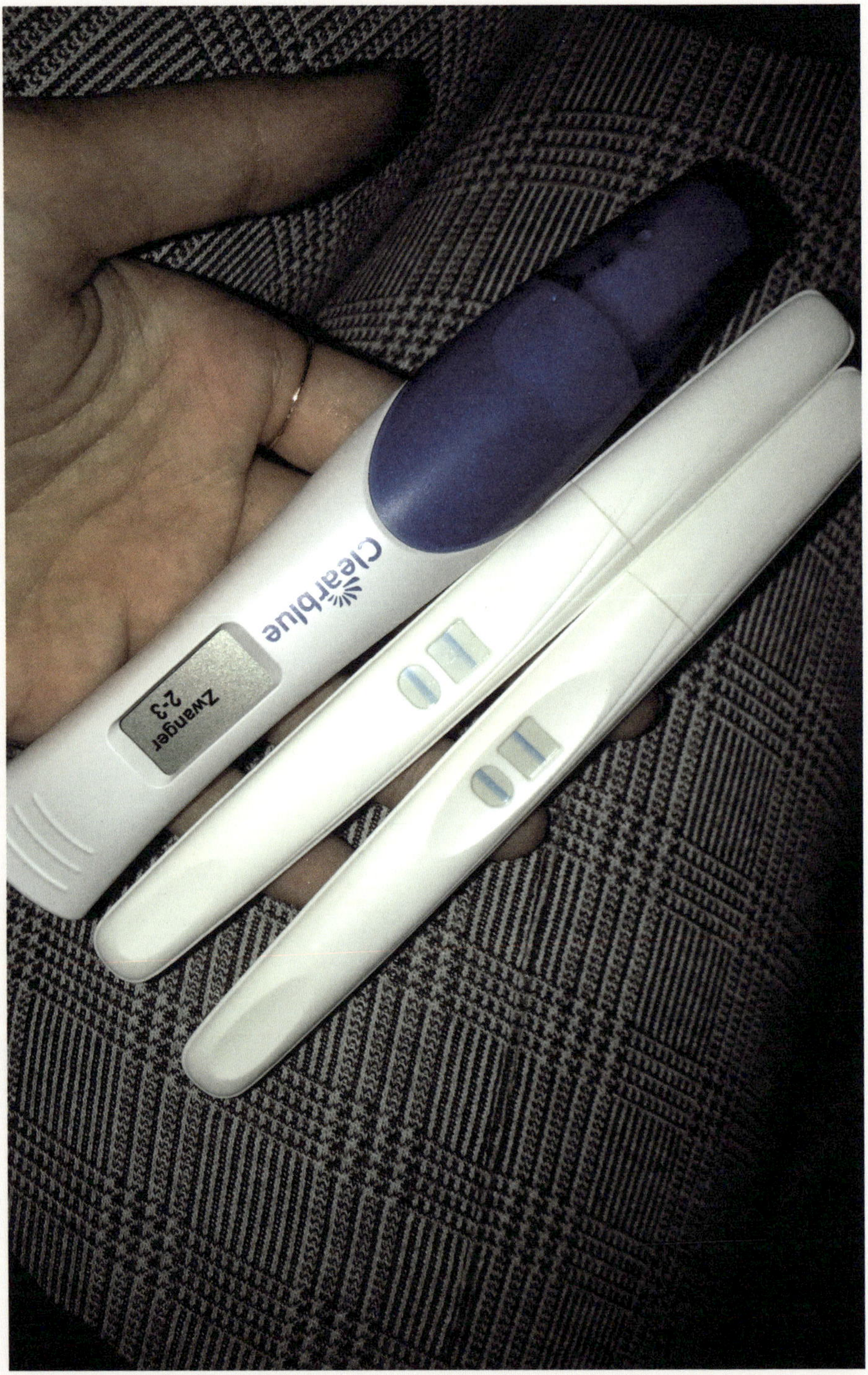

Just to be sure

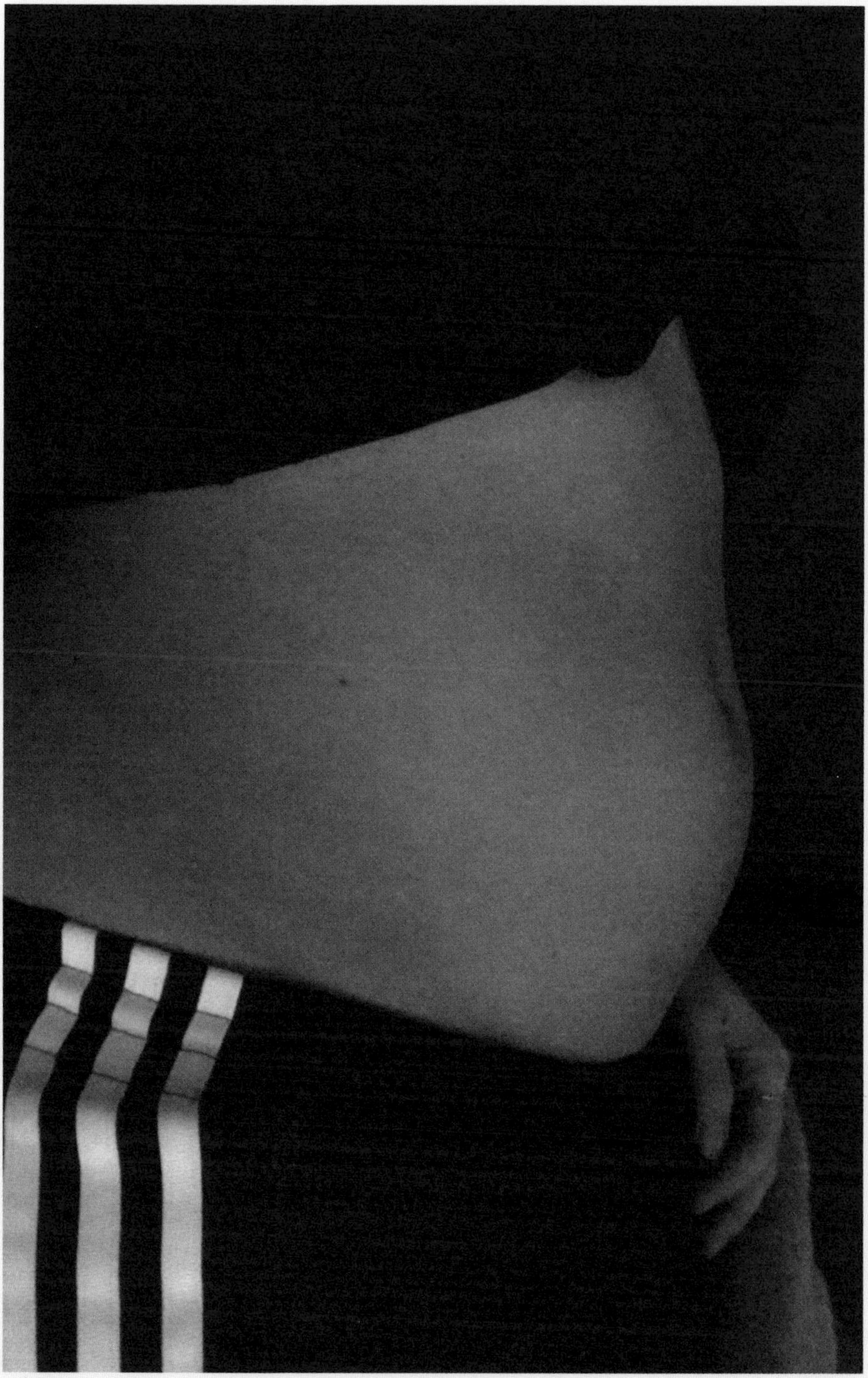

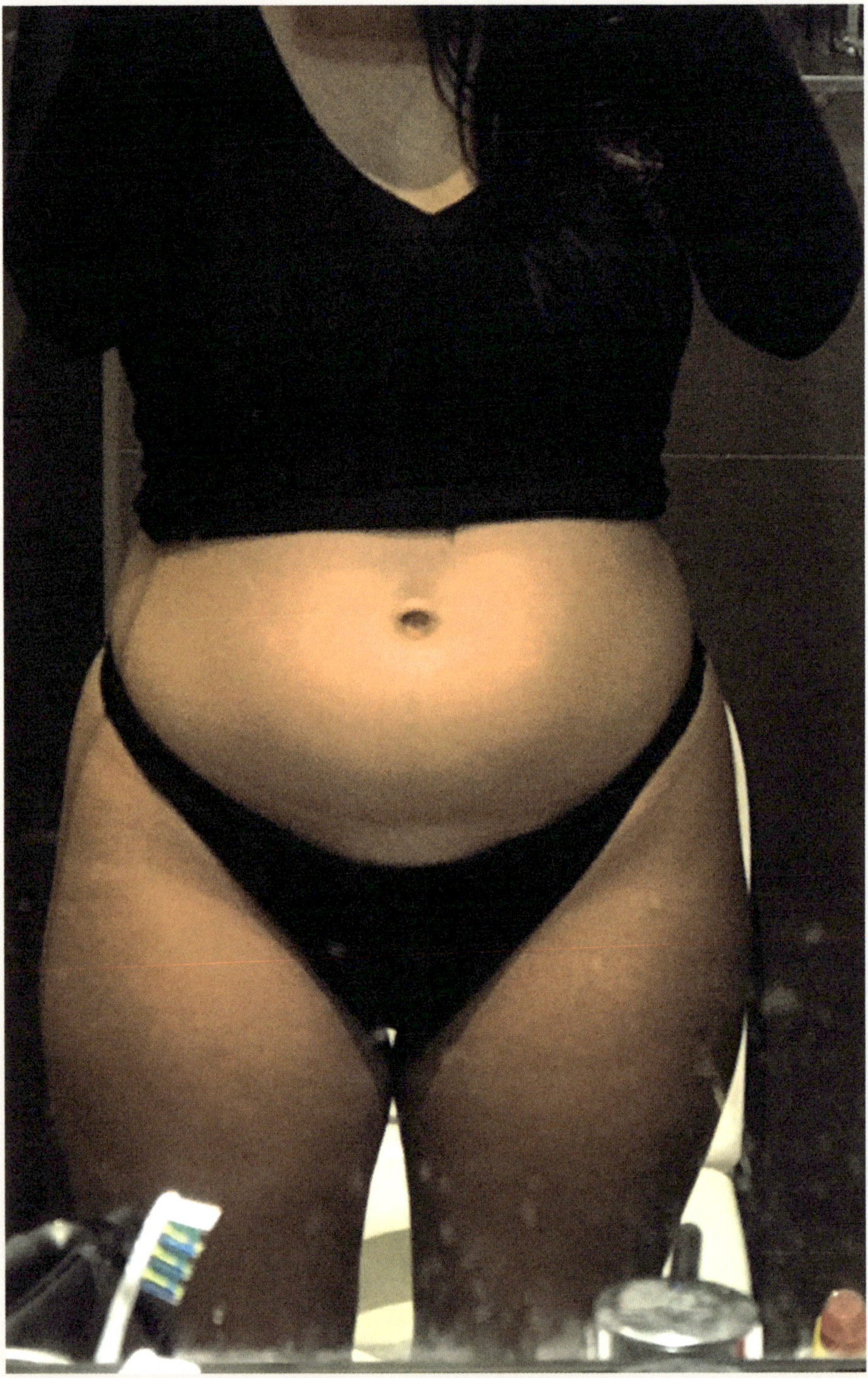

26 weken zwanger van Zara-Lizzy en een vieze spiegel

CAN'T WAIT TO MEET YOU

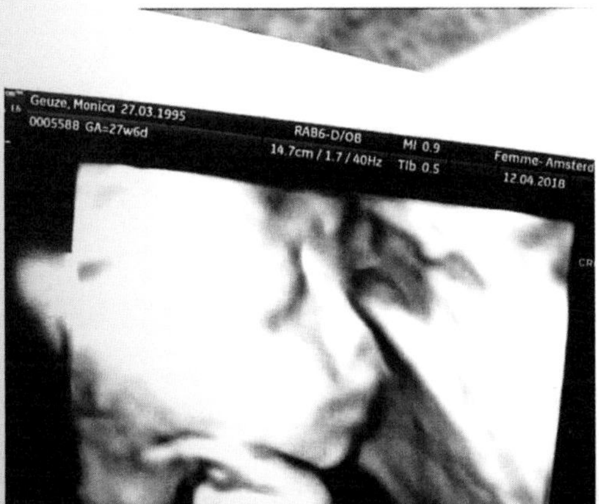

3D-echo's van Zara-Lizzy

Snacking since '95

Temptation Island Italië 2020

12:02
◀ Gmail
4G
Verzoeken om deelname...
Je kunt deelnemen aan de vergadering als iemand je toelaat
Annuleren

Onderweg naar LA

Wanneer iedereen denkt dat je in één klap van donker naar blond kon gaan en je een tijdje door het leven moet als wortel

DIOR
DIOR
DIOR
DIOR

Zussen-lunchdate in Rotterdam

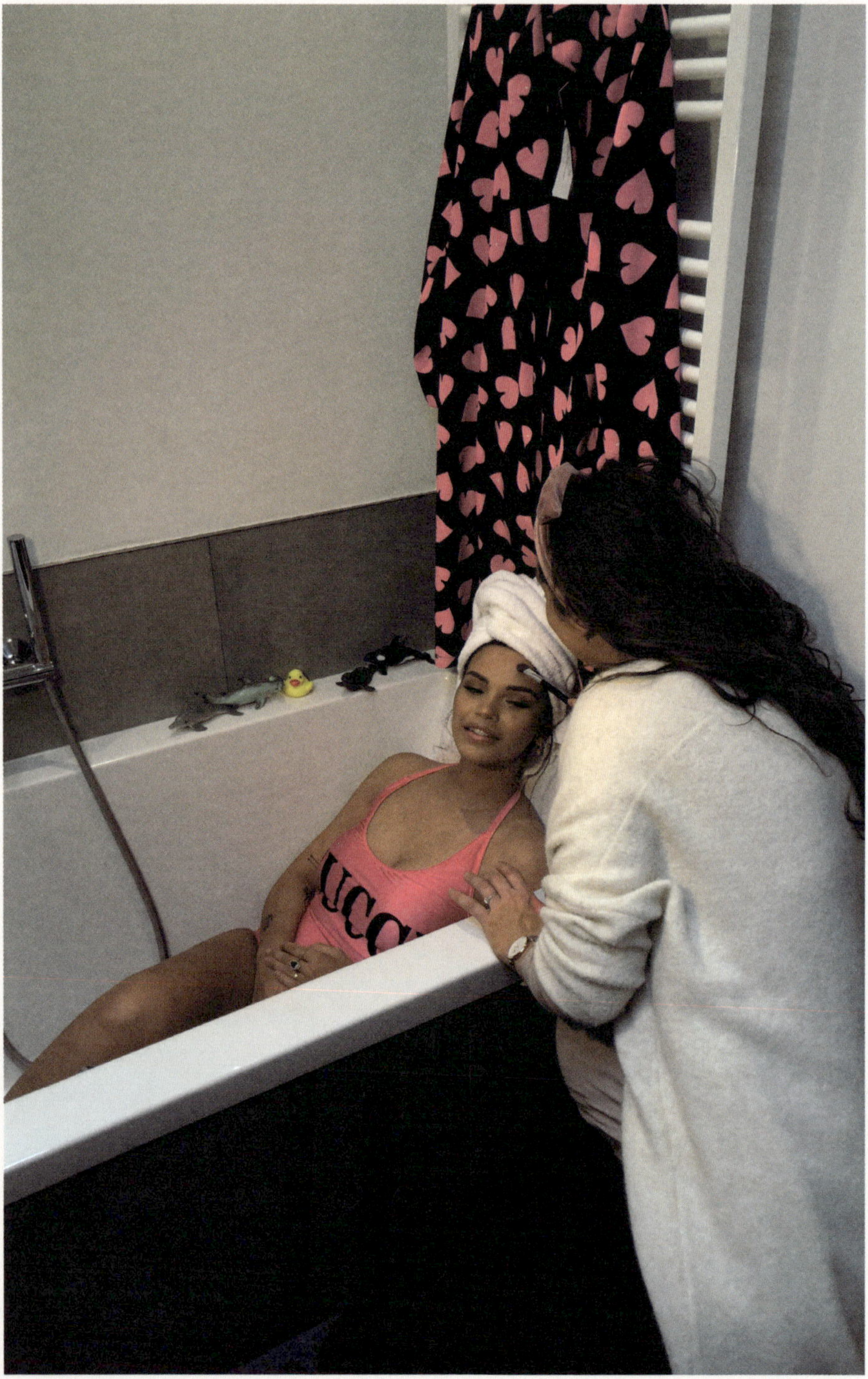

Backstage shoot voor &C

Kotsmisselijk worden in de theekopjes

Toen ik hoorde dat ik Temptation Island mocht presenteren

Zara-Lizzy could not care less about de parade in Disneyland

Dubai 2018

Noordwijk 2020

HERMITAGE

Griekenland 2020

Bali 2020

Bali 2020

Wakker worden in Uganda in 2019

Na één minuut in een ijsbad te hebben gezeten

DIOR

Opnemen Temptation Island promo

Eerste en laatste selfie met de vissen die één week hebben geleefd

FOX

Geel haar tijdens vakantie

Tijdens de opnames van Like Monica

Mood ik ben de tel kwijt

Op avontuur met de Rotterdamse metro

Onderweg naar de SPA

In de STËLZ pop-up

In het Moco Museum

Maxi-cosi verkeerd om... momlife week 1

Alicante 2019

Alicante 2019

Wanneer je je zonnebril kwijt bent

Stockholm 2020

Efteling 2020

Dusdanig plat gespoten dat ik mijn gezicht niet meer kan bewegen

Lekker rustig wakker worden

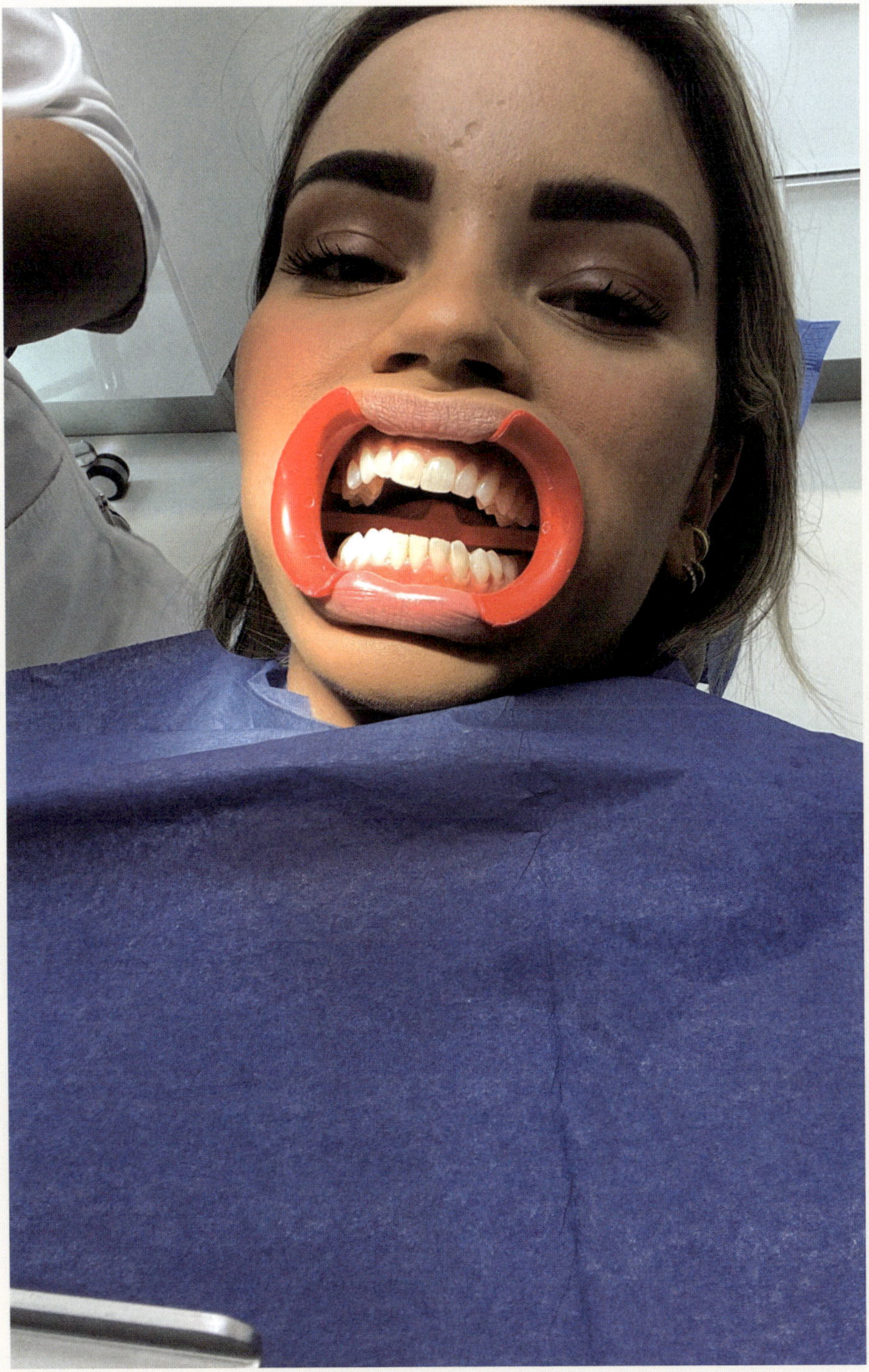

Ik haat de tandarts

Lunchdate met Rob

A Bellini a day keeps the doctor away

Nieuwe samples van MEAUXMEAUX uitzoeken

Met mijn haartovenaar Siko

Lunch met mijn broer

Mood na geweldige facial

Glam by Xelly

29:59
FHD
25.00P
IPB
MOV
SERVO AF
60
2.8
ISO 200
BenQ

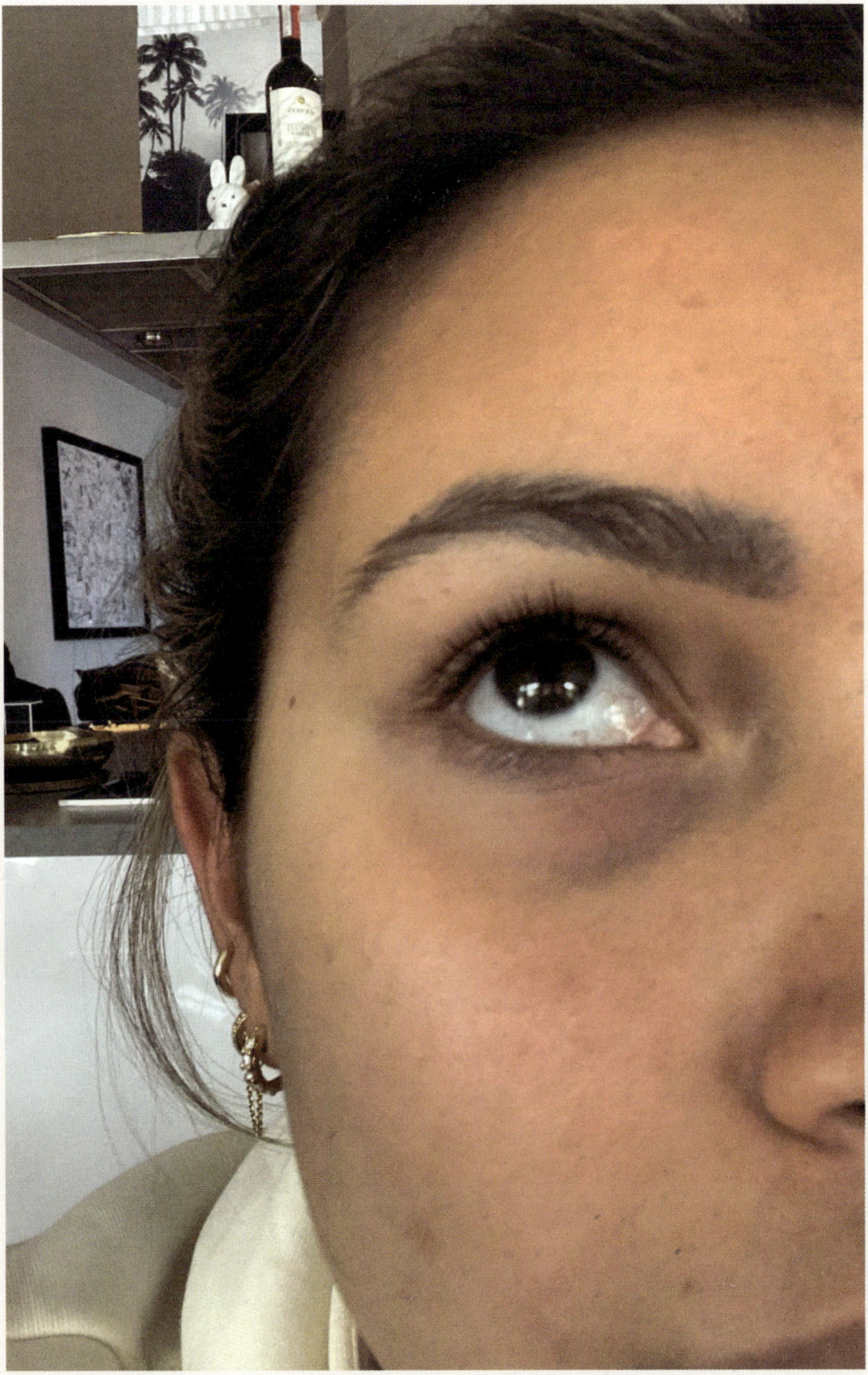

Wanneer ik een fatsoenlijke foto van mijn oog probeer te maken

Wederom mijn zonnebril kwijt

Corona-mood

Een van onze eerste foto's

Selfcare Londen 2019

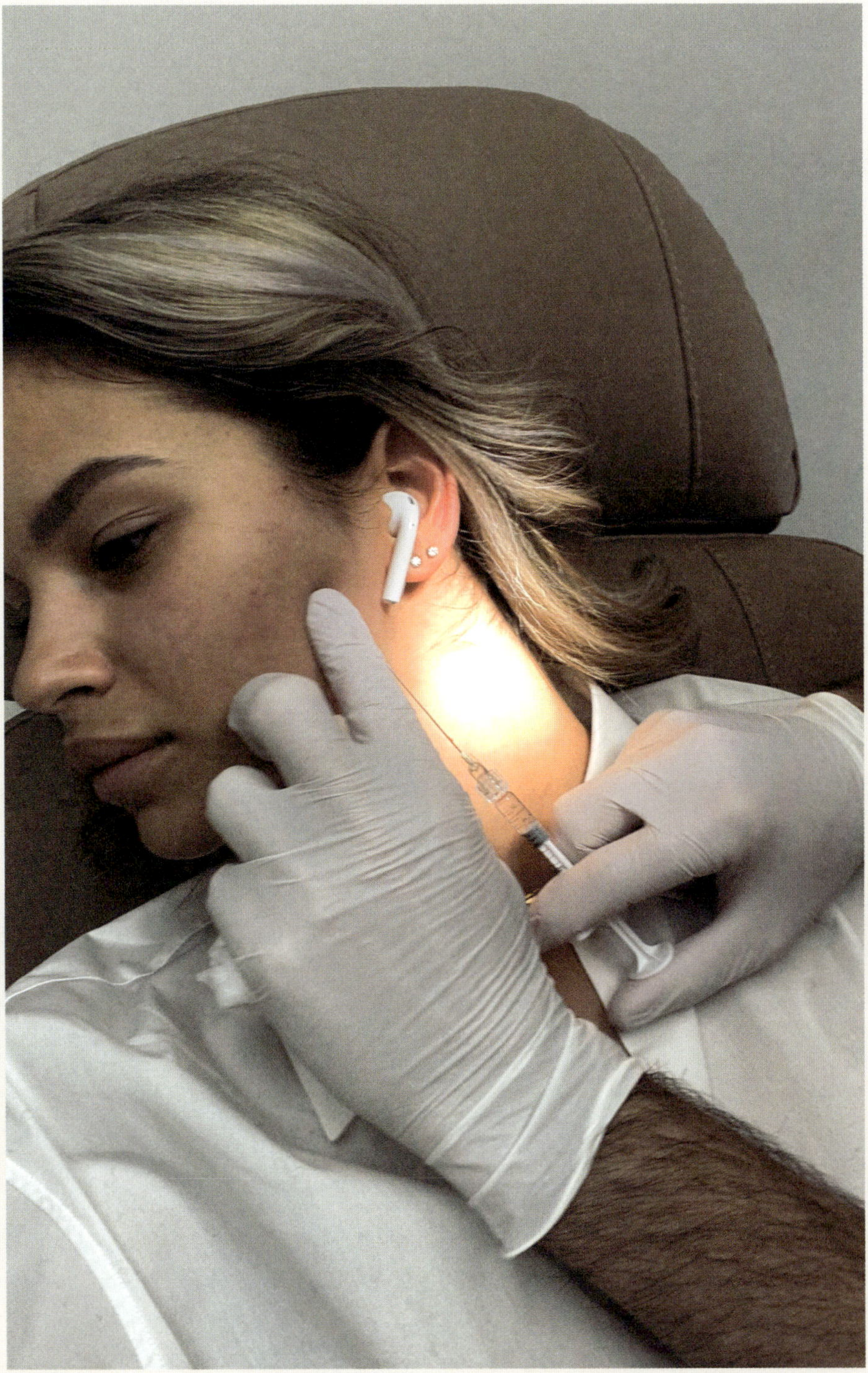

Als je geen kaaklijn hebt, kun je hem altijd nog kopen

Naar Bangkok met Pieter en Danique

Eindelijk heb ik de Corona-uitgroei laten bijwerken

YOGURT & JUICE
STACH

In Hong Kong aan het twijfelen of ik een legging moet kopen van 2.500 euro... Ik heb het nog gedaan ook (grootste miskoop ooit)

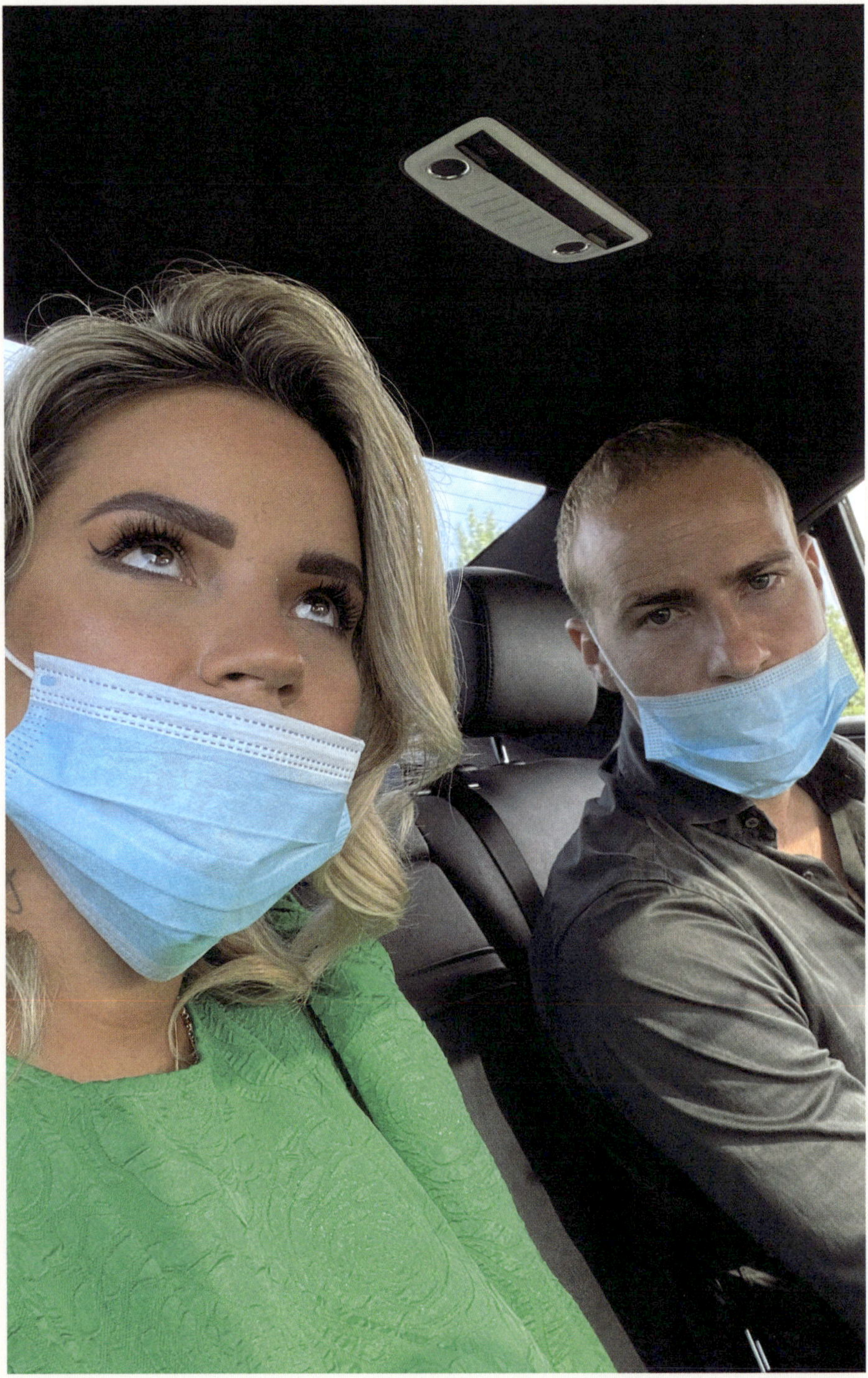

Chagrijnig na een uur lang verhalen aanhoren van een taxichauffeur

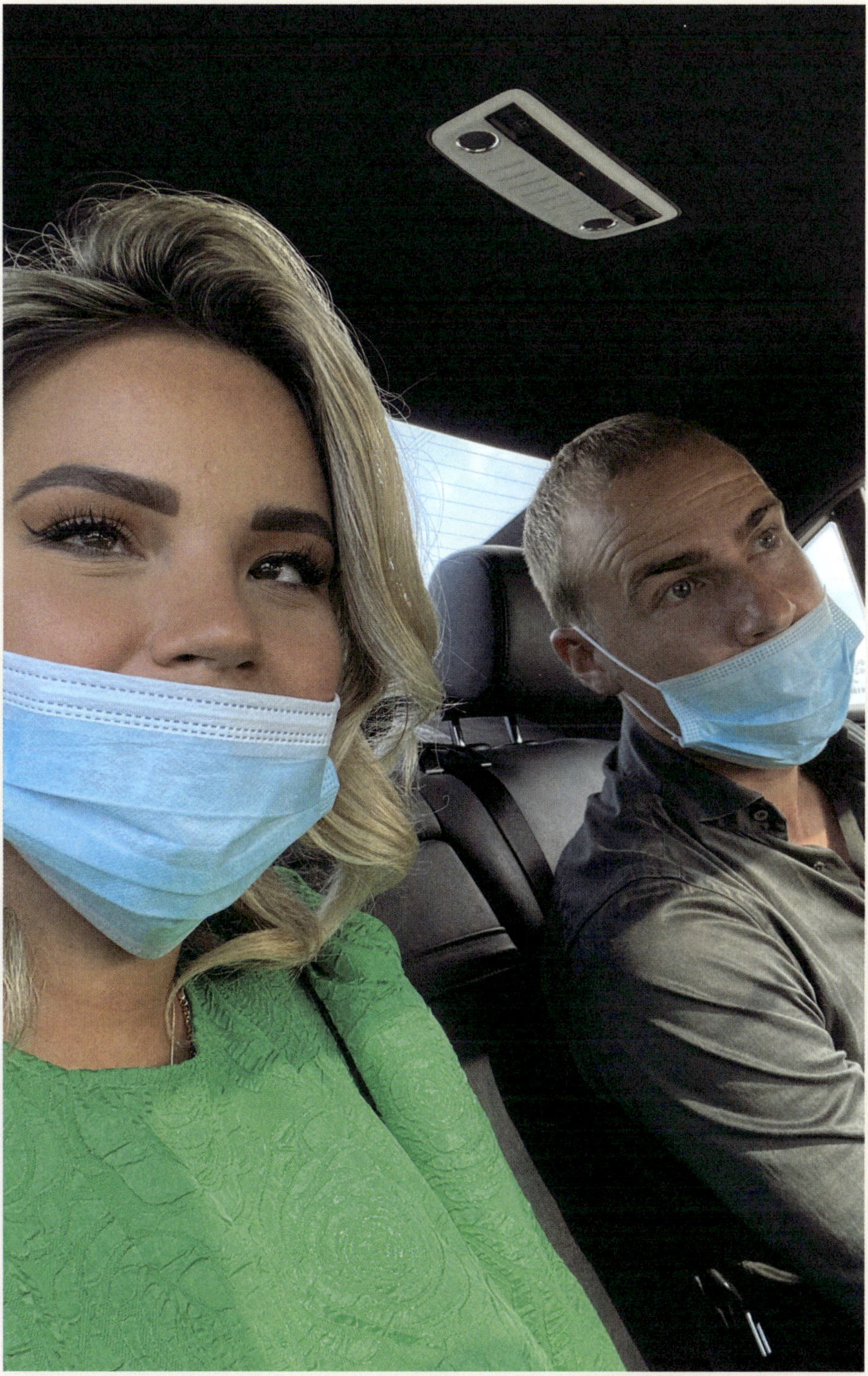

Still annoyed

De wortelfase als je van donker naar blond gaat

In de rij voor een Coronatest

Voor de allereerste keer op kraamvisite bij Danique... Dan neem je bloemen, taart én rauw vlees mee

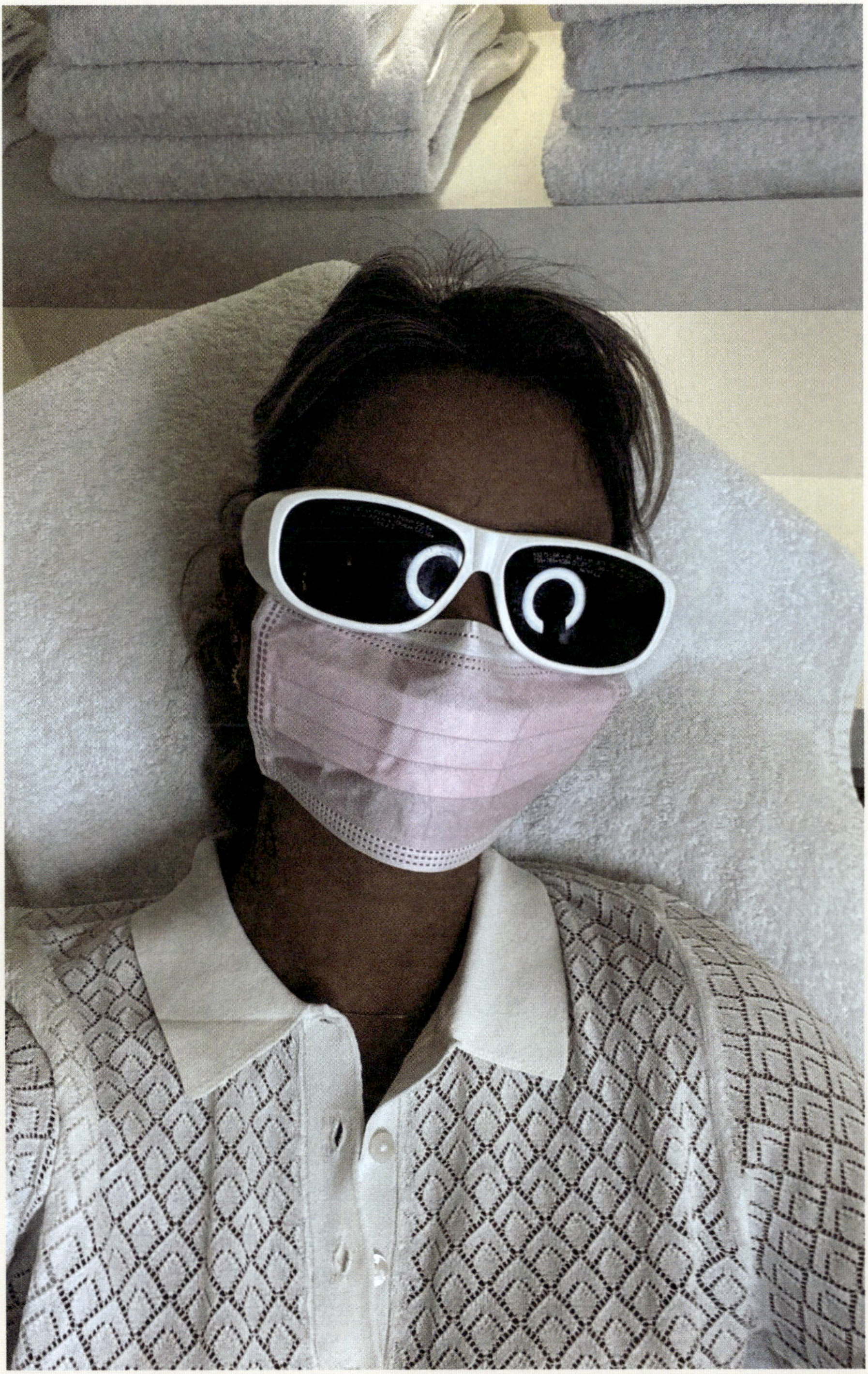

In de stoel om mijn tatoeage weg te laseren

Trying to get the perfect wing

Coming close to the perfect wing

LOUIS VUITTON

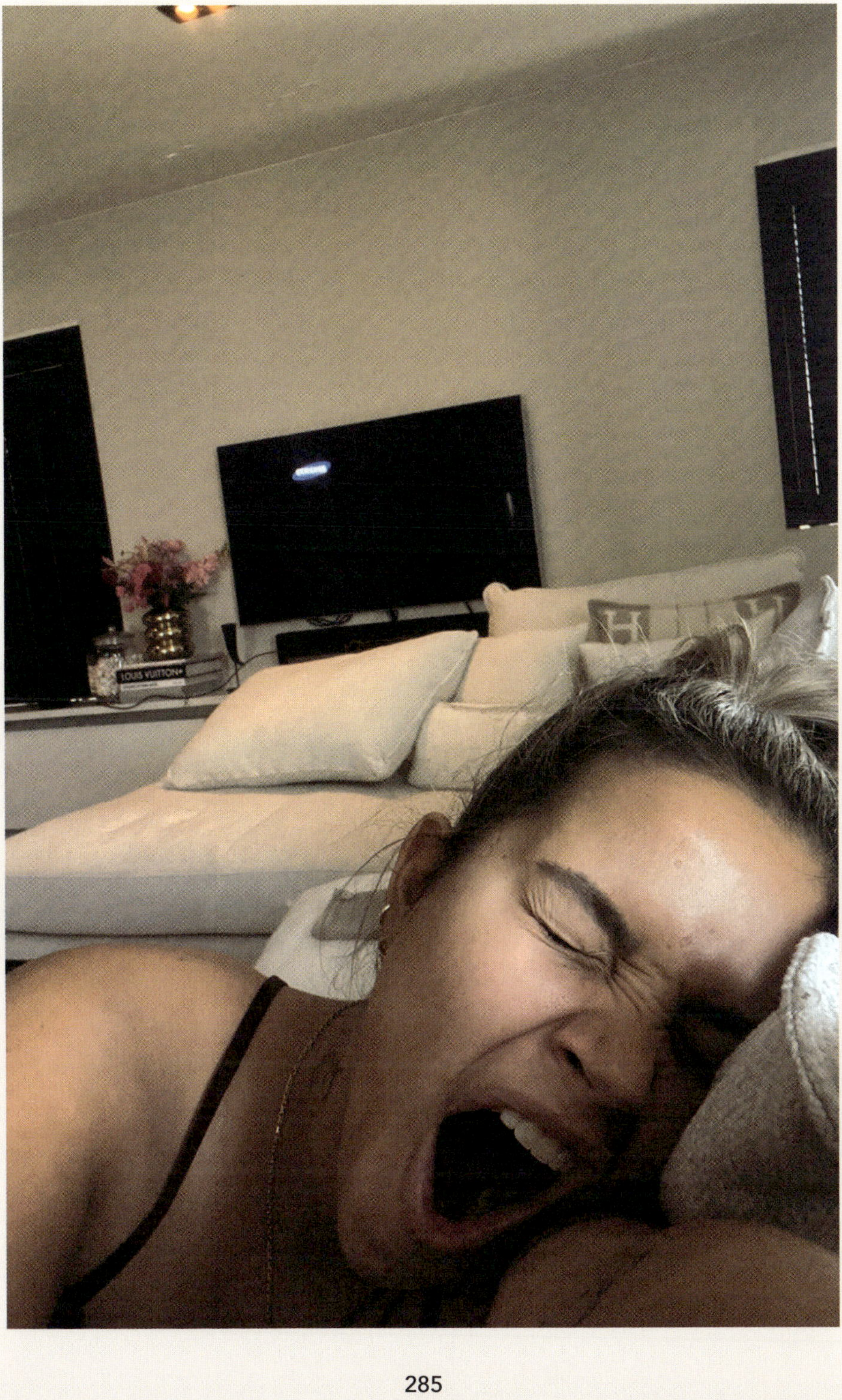
LOUIS VUITTON

Littekens van de borstoperatie en striae op zij en buik

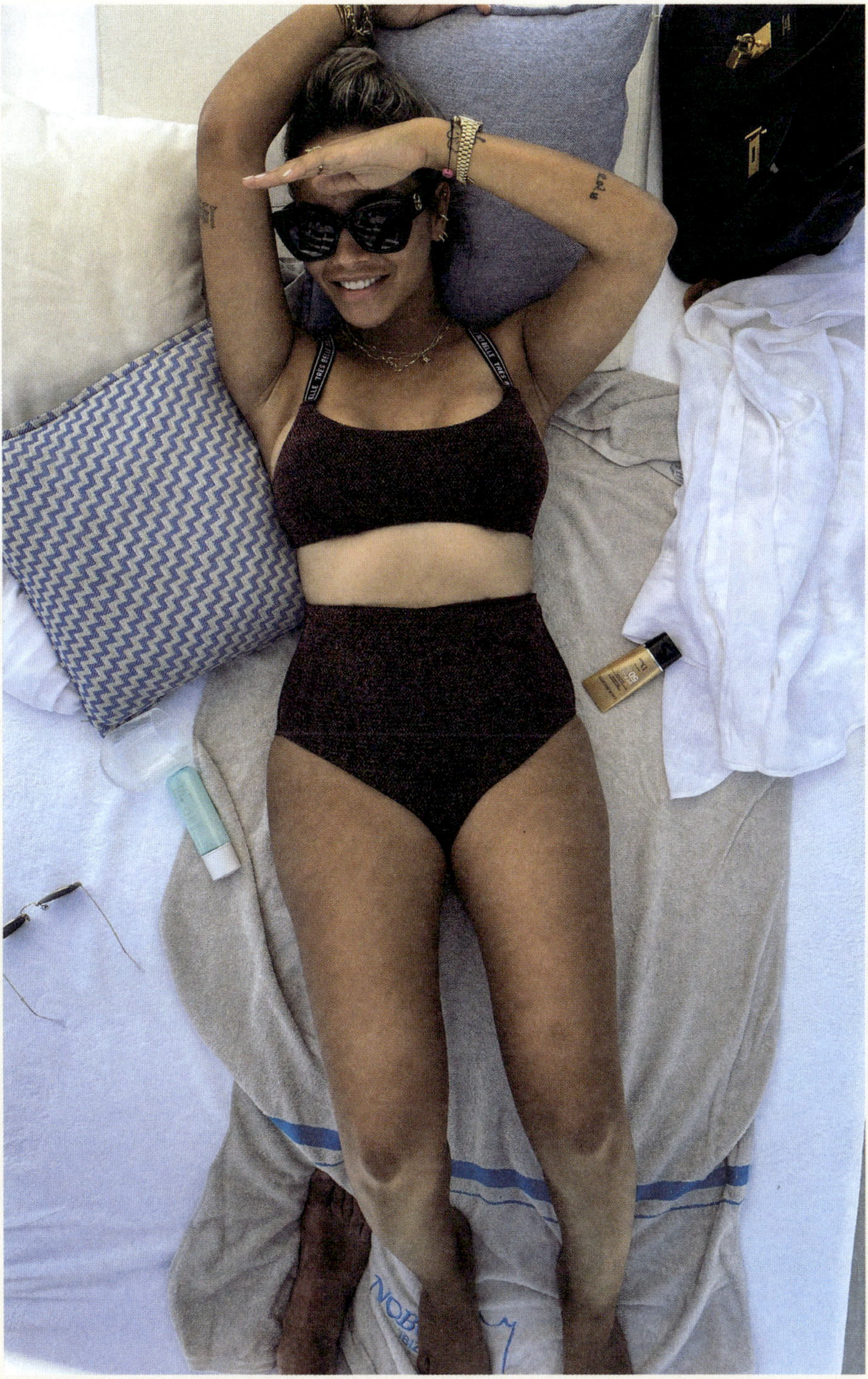

Wanneer Robbert weer de sjaak was om een Instagramfoto te maken waarop ik mezelf niet te dik vind. Succes, jongen!

Meest onflatteuze bikini EVER aan het passen

Na een heftige training

Pony bij mezelf verneukt

En ook bij mijn dochter...

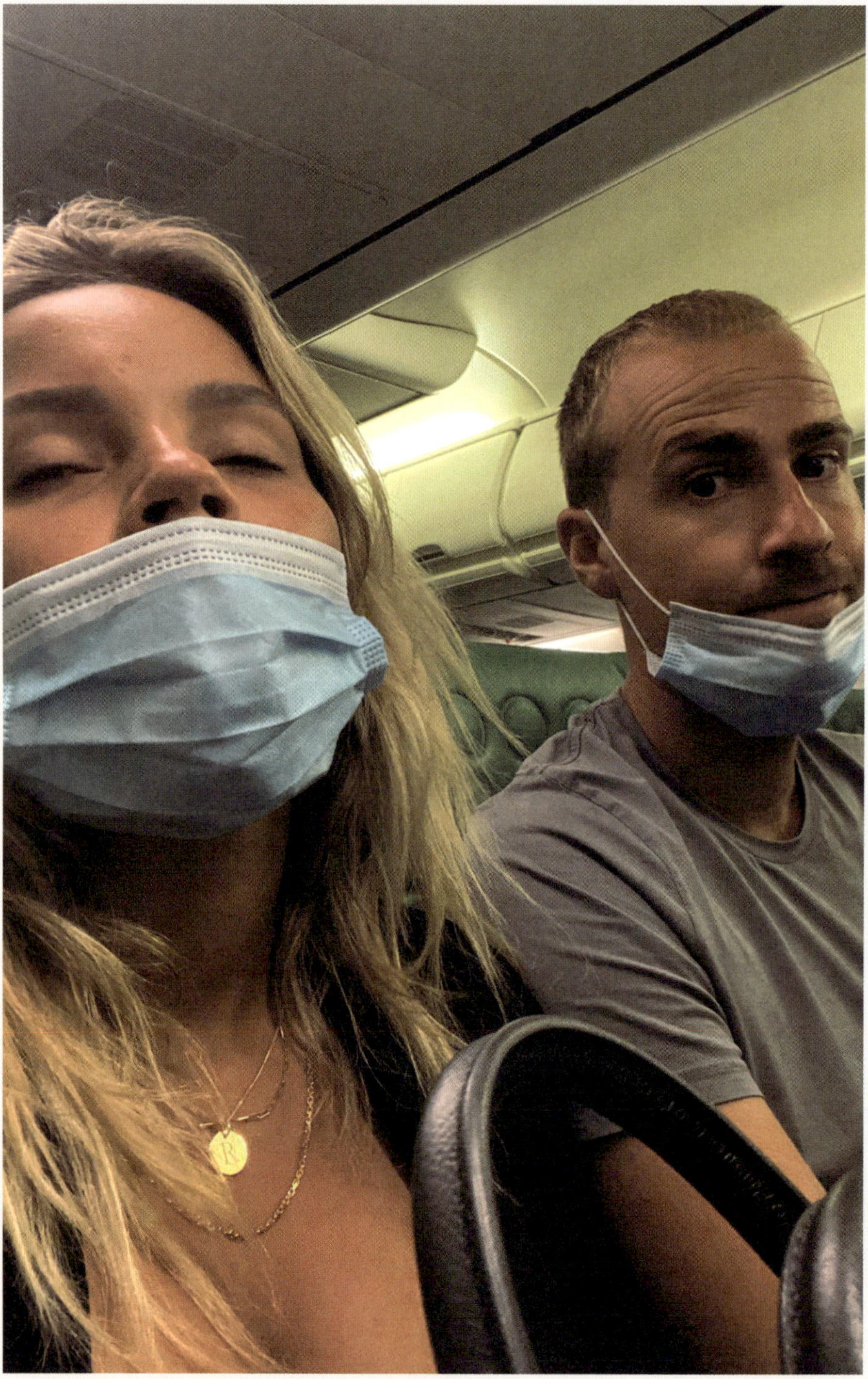

Wachten tot het vliegtuig vertrekt

Atlas
Kralingen
2,5 km^2
geschiedenis

Blij met mijn nieuwe mooie jurkje

Jammer alleen dat hij niet meer dichtgaat

Wanneer je je Birkin-bag laat vallen

Toen ik mijn lipfillers liet verwijderen

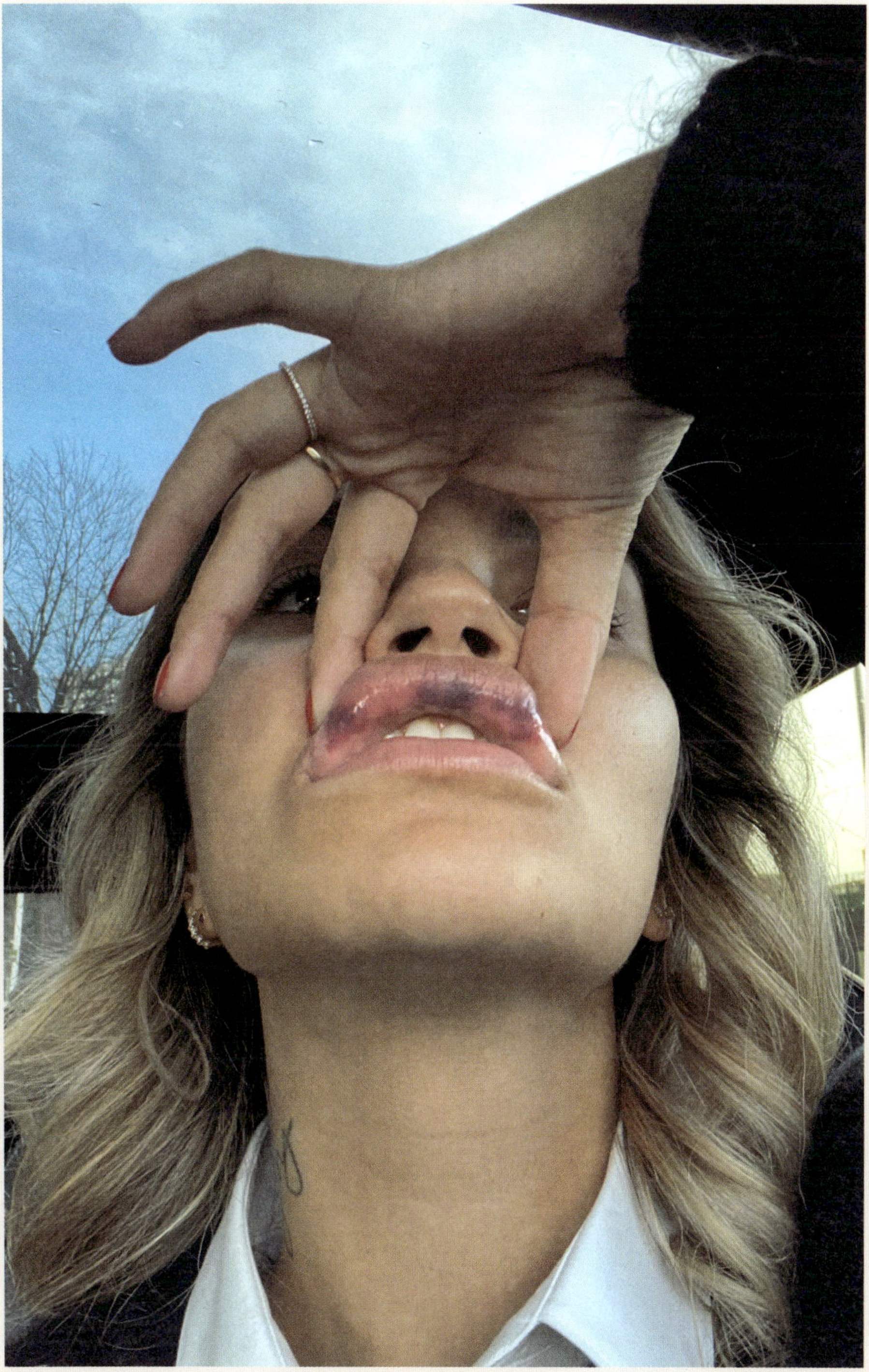

Dank aan Miljuschka, Vivian Hoorn & Rianne Meijer voor het inspireren en voor het geven van een realistischer beeld online. Ik denk dat jullie een hoop mensen de kracht geven wat meer in zichzelf te geloven en vooral blij te zijn met wie ze zijn.

Dank aan Kosmos voor het vertrouwen in het uitgeven van mijn tweede boek. Met name dank aan Hans Koenen, de man die met open mond vraagt of een foto (waarop ik een aanzienlijk fitter lijf had dan nu) niet bewerkt is, het lief bedoelt en vervolgens zegt: 'Ja, maar ik bedoelde in vergelijking met wat ik net had gezien!' Thanks, Hans, haha.

Dank aan al mijn lieve vrienden en familie die me te allen tijde het gevoel geven dat ik 100% mijzelf kan en mag zijn.

Dank aan Stanley voor de onvoorwaardelijke support en het avontuur dat we samen aangaan.

Dank aan Robbert & Zara-Lizzy dat zij mijn leven iedere dag weer het mooiste leven maken dat ik me kan wensen.

KOSM•S
www.kosmosuitgevers.nl

kosmos.uitgevers

kosmosuitgevers

Omslagfoto's: Jasper Rens van Es
Ontwerp omslag en binnenwerk: Autobahn

Kosmos Uitgevers vindt het belangrijk om op milieuvriendelijke en verantwoorde wijze met natuurlijke bronnen om te gaan. Bij de productie van het papieren boek van deze titel is daarom gebruikgemaakt van papier waarvan het zeker is dat de productie niet tot bosvernietiging heeft geleid.

ISBN 978 90 215 7786 9
ISBN e-book 978 90 215 7809 5
NUR 450